Moderne indische Literatur
Band 6

Uday Prakash
Der goldene Gürtel
Erzählungen

Diese Publikation wurde durch
das Literatur Forum Indien gefördert.

Uday Prakash:
Der goldene Gürtel
Erzählungen
Aus dem Hindi von Lothar Lutze
(Moderne indische Literatur, Band 6)

© für die Originaltexte: Uday Prakash
© für die deutsche Übersetzung: Draupadi Verlag

Draupadi Verlag
Dossenheimer Landstr. 103
69121 Heidelberg

www.draupadi-verlag.de

Erste Auflage 2007
ISBN-10: 3-937603-14-X
ISBN-13: 978-3-937603-14-8

Titelgrafik und Gesamtgestaltung: Reinhard Sick, Heidelberg
Lektorat: Durdana Förster und Katja Warmuth

Uday Prakash

Der goldene Gürtel

Erzählungen

Aus dem Hindi von Lothar Lutze

Draupadi Verlag, Heidelberg

für Günther-D. Sontheimer (1934-92)
L.L.

Inhalt

Die Erzählungen

Der Nagelschneider
Seite 9

Die Schachtel
Seite 13

Die Schuld
Seite 17

Der goldene Gürtel
Seite 21

Der Waran
Seite 41

Nachwort des Übersetzers
Seite 63

Quellenangaben
Seite 67

Zum Übersetzer
Seite 69

Der Nagelschneider

Im Monat Sawan mischt sich in das Grün des Grases und der Pflanzen ein leichtes Dunkel. Die Luft ist schwer und naß. Der Regen ist körnig und schwimmt in Schwaden heran.
Ich war neun.
In diesem Monat binden die Frauen Rakhis. Sie singen Regenlieder. Zu Nagpanchami, dem Schlangenfest, werden aus Kuhdung die Sieben Schwestern gemacht. Wir füllen gerösteten Reis und Milch in Blättergefäße und machen uns auf die Suche nach Schlangennestern.
Auch der „grüne" Neumond ist in diesem Monat. Ich machte mir schön lange Bambusstelzen und lief damit herum. Mindestens zwölf Fuß lang muß ich geworden sein.
Mutter hielt sich in dem Zimmer auf, das nach Süden lag. Man hatte sie aus dem Tata Memorial Hospital in Bombay hierher gebracht. Sie trank nur noch Granatapfelsaft. Um zu sprechen, legte sie einen Finger in den Schlitz, den die Ärzte in ihre Kehle geschnitten hatten. Dort war ein Schlauch befestigt. Durch diesen Schlauch holte sie Luft. Ein sehr feines, kaltes und schwaches Geräusch war das. Ein bißchen, wie es Maschinen machen. Wie wenn ein sehr leise gestelltes Radio läuft, während es draußen in Strömen regnet und donnert oder der Zeiger auf der Skala irgendwo zwischen zwei weit entfernten Sendern hängen geblieben ist.
Mutter wird beim Sprechen große Schmerzen gehabt haben. Deshalb sprach sie so wenig wie möglich. In diesem maschinenartigen Geräusch versuchten wir, Mutters alte eigene Stimme wiederzuerkennen. Manchmal hörten wir ein Stückchen von Mutters echter Stimme heraus. Dann fanden wir Mutter, wie wir sie in unserem kurzen Gedächtnis hatten.
Aber hören wollte Mutter alles. Alles. Ob wir redeten, uns zankten, schrien oder jemanden riefen, sie hörte eifrig zu. Unsere Worte werden ihr Erleichterung verschafft haben.
Nur die Augen waren ihr geblieben. Wenn ich die sah, regte sich in mir die Hoffnung, Mutter würde uns nie verlassen. Sie würde mein

ganzes Leben lang bleiben. Ich wollte, daß sie für immer dabliebe. Selbst wenn sie wie ein Bild oder wie eine Figur wäre. Und nicht spräche.
Aber ich wollte weiter daran glauben, daß sie lebendig war, wie es Bilder nicht sein können.
Manchmal hatte ich große Angst und weinte. In meinem Leben erschien mir plötzlich ein leerer, ein ganz leerer Fleck. Das machte mir große Angst.
Eines Tages rief mich Mutter. Draußen auf dem Feld war das Gras dunkelgrün. Da waren viele Wolken, und die Luft war schwer und feucht.
Mutter streckte mir die rechte Hand entgegen. Der Nagel des Fingers neben dem kleinen Finger war an einer Stelle ausgerissen. Das wird sie beunruhigt haben.
Diesen Finger nennt man Sonnenfinger.
Ich begriff, was sie wollte, holte den Nagelschneider und setzte mich auf den Boden neben Mutters Bett. Ich sollte mit der Feile an dem Nagelschneider ihren Fingernagel geradefeilen. Das wollte Mutter. Diesen Nagelschneider hatte Vater vor zwei Jahren aus Allahabad mitgebracht, als er vom Kumbh-Mela zurückkam. Auf dem Nagelschneider war ein Stern aus blauem Glas.
Mutters Finger waren sehr dünn geworden. Sie waren ohne Blut. Die gelbliche Haut. Wie Papier, aus dem man Drachen macht. Nicht gelb, nein, fahl war sie. Und unendlich kalt. Solche Kälte ist sonst in anderen, leblosen Dingen. Eine Kälte wie in Stühlen, Tischen, Türen oder einem Fahrradlenker.
Und wie kam es, daß ihre Hand so leicht geworden war? Was war aus ihrem ganzen Gewicht geworden? Vielleicht ist es die Schwere des Lebens, die die Erde magnetisch anzieht. Und davon war jetzt bei Mutter sehr wenig übrig geblieben. Die Erde gab es auf, sie anzuziehen.
Ich hielt ihre Hand auf meiner und rieb den Nagel ganz behutsam mit der Feile. Ich wollte, daß ihre Nägel besonders schön, frisch und glänzend würden.
Einmal lachte ich. Dann lächelte ich nur noch. Auf diese Art und Weise wollte ich Mutter Mut und Freude machen. Ich sah, wie gut es

Mutter tat, daß ihr Nagel ganz leicht mit der Feile bearbeitet wurde. Von ihrem Gesicht strahlte ein Glück aus, das nicht an einer Stelle haften blieb, sondern seinen Frieden über den ganzen Körper ausbreitete. Mutter hatte die Augen geschlossen.
Eine Stunde verging. Ich brachte nicht nur an einem, sondern an allen ihren Fingern die Nägel schön in Ordnung. Mutter sah sich ihre Finger an. Was für ein Augenblick der Schwäche und Unterlegenheit ist es doch, wenn es die Nägel sind, die einem Lebenszuversicht geben. Wie schön und glänzend die Nägel geworden waren!
Mutter berührte mein Haar. Sie wollte etwas sagen. Aber ich ließ es nicht zu.
Hätte sie gesprochen, so hätte sie gefragt, warum ich mir nicht den Kopf wasche. Warum ich mir die Haare nicht einseife. Warum ich so staubig bin. Und warum ich mich nicht gekämmt habe.
Die Nacht war kalt. Draußen regnete es in Strömen. Im Sawan macht der Regen nachts ein eigentümliches, tiefes Geräusch. Ein bißchen, als hätten alle Winde der Welt in einem großen Tontopf herumzuwirbeln begonnen. Und als fänden sie keinen Ausweg.
Früh um fünf Uhr weinten im Hof die Frauen des Dorfes. Das war kein Weinen, es war ein Jammern. Ich erfuhr, daß Mutter nachts im Schlaf gestorben war.
Mutter war gestorben.
Ihre glattgefeilten Nägel habe ich nie wieder gesehen. Den Nagelschneider hatte ich in jener Nacht vor dem Einschlafen unter mein Kissen gelegt. Ich habe ihn lange gesucht. Noch Jahre danach. Sogar heute noch. Aber er hat sich nie gefunden. Wer weiß, wo er geblieben war.
Kann sein, daß er an irgendeinem ganz selbstverständlichen Ort liegt und nur, weil ich den vergessen habe, nicht zu finden ist. Oft mache ich mich auf die Suche danach. Denn die Dinge gehen nie verloren. Sie bleiben einfach.
Mit ihrem vollen Dasein und Gewicht. Nur wir vergessen den Ort, an den sie gehören.

Die Schachtel

Die Schachtel habe ich immer noch. Seit ein paar Jahren. Ich habe auch nie hineingesehen. Aber ob ich sie öffne, hängt allein von mir ab. Die Gesellschaft oder sonst jemand, selbst ein Freund, kann mich nicht dazu zwingen, ihren Deckel nur dafür zu öffnen, daß man meinen Worten Glauben schenkt. Nein, nie in meinem Leben werde ich Glaubwürdigkeit erlangen.
Das heißt also, daß ich, um die Glaubhaftigkeit meiner Erfahrung zu beweisen, den Deckel meiner Schachtel vor den Leuten, die mir sonst nicht glauben, entfernen müßte. Vor Leuten, denen sonst meine Erfahrungen unglaubhaft erscheinen.
Aber das Problem ist, wie man sich vergewissern kann, daß für mich das Erlangen der Glaubwürdigkeit vor jenen Leuten es wert ist, das Risiko und Wagnis einzugehen, die im Öffnen der Schachtel liegen. Es könnte nämlich auch sein, daß sie alle, wenn meine Aussage bewiesen ist, mir nur diese eine Erfahrung abnehmen, alle anderen aber weiter für unglaubhaft halten.
So würde ich also darüber alt werden, vor allen diesen Leuten meine Aussagen zu beweisen. Sogar sterben darüber. Und selbst dann blieben viele meiner Aussagen unbewiesen. Das heißt, ich bliebe am Ende für diese Leute unglaubwürdig.
Außerdem ist eines der größten Probleme, daß ich zum Beweis für alle meine anderen Erfahrungen auch keine anderen Schachteln habe. Wie sollte ich also so vielen Leuten die Wahrhaftigkeit meines Lebens beweisen?
Dies ist der Grund, weshalb ich den Deckel dieser Schachtel nicht entferne. Nicht, wenn ich allein bin, nicht in Gegenwart anderer. Denn manchmal zweifle ich sogar an mir selbst. Nach so vielen Jahren bin nämlich auch ich, was diese eine Erfahrung betrifft, ein anderer Mensch geworden.
Diese Schachtel habe ich seit meiner Kindheit. Ihre Geschichte ist schnell erzählt. Nicht, daß sie langweilig wäre.

Also, es war so, daß ich damals acht Jahre gewesen sein muß. Mit sieben fangen die Milchzähne an auszufallen. Aber bis dahin wachsen die Backenzähne noch nicht nach, aus denen der Verstand entsteht.
Unser Haus steht in einem Dorf. Erst war es ein Lehmhaus. Sein Dach war mit Stroh und Ziegeln gedeckt. Jetzt sind es nur noch Ziegel. An das Dorf grenzte ein Dschungel. In diesem Dschungel gab es eine Menge Languren. Aber das Wort Languren lernte ich eine ganze Zeit später, aus Büchern. Wir nannten sie ‚die Affen mit dem schwarzen Gesicht'.
Und dann gab es eine Menge Krähen. Wenn unsere Großmutter mittags im Hof nach dem Essen die Krähen rief, um sie zu füttern, füllten sie den ganzen Hof.
Die Languren wie auch die Krähen waren die Feinde des Strohs auf unserem Haus. Wenn die Languren über das Stroh liefen, zerbrachen die Ziegel. Auch die Krähen entfernten hier und da die Ziegel.
Überall dort, wo die Ziegel zerbrochen waren, fing im Monsun das Regenwasser an, ins Haus zu sickern. Dann stellten wir dort einen leeren Eimer hin.
Aber wenn es nicht regnete, drang durch diese Ritzen das Sonnenlicht in den Raum und fiel auf den Boden. Diese runden Flecke aus Sonnenlicht auf dem Fußboden wirkten sehr geheimnisvoll, verlockend und irgendwie lebendig. Sie bewegten sich mit der Sonne und veränderten auch ständig ihre Form. Der Fleck, den ich morgens in Gestalt eines Fisches gesehen hatte, nahm mittags die eines Elefanten an. Oder die eines Dämons mit zerrissenem Gesicht. Manchmal, wenn sich der Einfallswinkel der Strahlen mit dem Stand der Sonne änderte, wurde ein Fleck auch unsichtbar. Man konnte zusehen, wie er immer kleiner wurde und schließlich verschwand. Um am nächsten Tag zu genau derselben Zeit wieder aufzutauchen. Manchmal erschienen im Raum auch mehrere solcher Flecke. Dann verschwanden die kleinen alle nach und nach, und der größte hielt sich am längsten.
Mit diesen Flecken hatte es noch eine andere Bewandtnis. In der Dunkelheit, in der sich der Raum befand, bildeten sie dort, wohin sie fielen, rings um ihre glanzvolle Gegenwart einen weiteren, blassen Lichtkreis. In diesem Kreis spiegelte sich schwach der Himmel. Ein

blaßblauer Gegenhimmel. Wenn manchmal oben Vögel vorbeiflogen, drang ihr flüchtiger Schatten in den Raum. Man sah Wolken vorüberschleichen. Manchmal verdeckten die Wolken genau diesen Fleck. Dann blieb überhaupt nichts mehr übrig. Weder das Spiegelbild noch der Fleck.

Diese Flecke kamen mir ganz lebendig und zauberhaft vor. Ich hatte mir in den Kopf gesetzt, sie überall bei mir zu haben. So viel stand fest: In ihnen war Leben, und mein Verhältnis zu ihnen sollte nicht nur das eines außenstehenden Beobachters sein. Ich wollte den ganzen Tag über gemeinsam mit ihnen an diesem Spiel teilnehmen.

Doch so sehr ich mich bemühte, sie rührten sich nicht von der Stelle. Wenn ich ihnen etwas unterschob, so ließen sie sich zwar darauf nieder, doch wenn ich es wegzog, blieben sie zurück. Auf der Handfläche verharrten sie, doch wenn ich die Fäuste ballte, landeten sie auf den Fingern, und meine Hand war wieder leer.

Ein paar Mal, wenn es schiefging, wurde ich wütend und schlug sie heftig. Trat nach ihnen. Grub mit einem Stück Eisen den Boden um. Aber das rührte sie überhaupt nicht: Ihre Gleichgültigkeit mir gegenüber war unerträglich.

Eines Tages geschah dann folgendes: Ich war allein. Es war in der Küche. Ein großer, schöner Fleck war dorthin gefallen und in sein Spiel vertieft. Mutter hatte das Essen gemacht und war weggegangen: Ich versuchte, zu diesem Fleck ganz zärtlich zu sein. Ich küßte ihn. Dann holte ich Reis und Linsen und gab ihm zu essen.

In der Küche lag ein Fächer. Er dient dazu, das Feuer im Herd zu schüren. Ich legte den Fleck auf den Fächer und zog diesen weg. Ich sah, wie der Fleck sich mit dem Fächer zusammen bewegte. Er kam mit. Dies war der größte Erfolg meines Lebens. Er hatte sich jetzt vom Strohdach gelöst. Auch von der Sonne. Mit mir hatte er Verbindung aufgenommen und alle übrigen Verbindungen gelöst. Er gehörte mir. Mir ganz allein.

Ich brachte ihn in eine andere Ecke der Küche. Dann sagte ich liebevoll zu ihm: „Warte auf mich. Ich bin gleich wieder da." Und rannte los. Ich kam mit dieser Blechschachtel zurück, in der vorher Mutter ihre schwarze Schminke hatte. Er wartete auf mich. Auf dem Fächer. Leise zitternd.

Seitdem halte ich ihn in dieser Schachtel verschlossen. So kann ich mit ihm gehen, wohin ich will. Ich weiß, daß er darin ist, daß er immer darin bleiben wird. Und das ist wahr.
Soll ich also Gefahr laufen, den Fleck zu verlieren, indem ich den Deckel der Schachtel öffne, nur damit mir diese Leute Glauben schenken? Auch wenn ich sonst niemals glaubwürdig werden kann?
Als wenn es vernünftig wäre, für das, was nicht ist, das, was ist, aufs Spiel zu setzen!

Die Schuld

Mein Bruder war sechs Jahre älter als ich. Merkwürdig, daß im ganzen Dorf alle Jungen sechs Jahre älter als ich waren. So war ich der jüngste und allein. Wenn alle spielten, lief ich ihnen hinterher.
Mein Bruder war seit seiner Kindheit verkrüppelt. Eines seiner Beine war gelähmt. Aber er war sehr schön. Göttlich schön. In den umliegenden Dörfern war er der beste Schwimmer, und im Fingerhakeln war er unbesiegbar. Mit bloßer Faust zerschmetterte er Kokosnüsse und Ziegel.
Ich dagegen war dünn und schmächtig. Ich war eifersüchtig auf meinen Bruder, denn er hatte eine Menge Freunde.
Ich war der Kleinste und deshalb eine ziemliche Last für meinen Bruder. Er hatte mich lieb, und er fühlte sich mir gegenüber verpflichtet, die Rolle eines Aufpassers zu übernehmen.
Wenn alle spielten und ich, weil ich zu klein war, allein blieb, kam mir mein Bruder zu Hilfe: Bei Mannschaftsspielen nahm er mich in seine Mannschaft auf. Keiner der anderen Jungen wollte mich in seiner Mannschaft haben und damit eine Niederlage riskieren. Oft unterlag mein Bruder meinetwegen. Trotzdem sagte er nie etwas zu mir. Er hatte für mich die Verantwortung auf sich genommen und trug sie gern. Soweit ich mich erinnern kann, hat er mich nie geschlagen.
Was ich jetzt erzählen will, hat nur mit meinem Bruder und mir zu tun. Es handelt sich um ein äußerst wichtiges Ereignis. Ein Ereignis, das einen ein Leben lang nicht losläßt und plötzlich, mitten im Erinnern, aufflammt. Wie eine glühende Kohle.
Was an jenem Tag geschah, war folgendes: Ich ging mit meinem Bruder spielen. Es hatte tagsüber geregnet, und am Abend breitete sich eine Sonne aus, die den Körper mit Wohlbehagen erfüllte. Unter solchen Umständen ist jedes Spiel besonders hart umkämpft, voller Spannung und Bewegung.
Alle Jungen spielten Khadabbal. Jeder hatte die kurzen Holzstöcke bei sich. Es galt, den Khadabbal mit aller Kraft so auf den Boden zu schleudern, daß er in gerader Richtung vorwärtssprang. Mit der

nötigen Wucht und mit Schwung kam der Stock, vom feuchten Boden abprallend und sich um sich selbst drehend, sehr weit.

Weder hatte ich die Kraft, noch war ich groß genug, um den Khadabbal weit genug zu werfen. Inzwischen hatte dort ein Kampf, ein Wettstreit begonnen. Keiner wollte verlieren. Es war dies ein Spiel, bei dem es keine Mannschaften gibt, keiner sich mit jemand zusammentut. Jeder kämpft allein, so gut er kann.

Auch mein Bruder war in dieses Spiel vertieft. Er hatte ein paar Mal den Kürzeren gezogen, deshalb schleuderte er, verärgert und verbissen, den Khadabbal mit noch größerer Wucht.

Mich hatte er vergessen. Und ich war allein zurückgeblieben. Sechs Jahre hinterher. Um damals bei diesem Spiel mitmachen zu können, hätte ich den Abstand von sechs Jahren überbrücken müssen, und das schaffte ich nicht.

Inzwischen war mein Bruder im Vorteil. Sein Gesicht brannte vor Glück und Aufregung. Nicht ein einziges Mal sah er sich nach mir um. Er hatte mich völlig vergessen.

Zum ersten Mal kam es mir vor, als wenn es mich dort überhaupt nicht gäbe.

Mir kamen Tränen, und in mir wuchs ein heftiger Widerwille gegen meinen Bruder. Allein und abseits stehend, schleuderte ich meinen Khadabbal auf einen Stein. Ich brannte vor Eifersucht, mangelndem Selbstbewußtsein, einem Gefühl von Mißachtung und Geringschätzung.

Dann prallte plötzlich mein Khadabbal vom Stein ab und traf voll auf meine Stirn. Die Stirn platzte auf, und Blut begann zu fließen. Als ich schrie, kam mein Bruder angerannt. Das Spiel war inzwischen unterbrochen.

„Was ist los? Was ist los?" Mein Bruder war erschrocken und drückte die Hand auf meine Stirn. Meine Wut war unvermindert. Ich wollte meinen Bruder für seine Mißachtung bestrafen.

Ich stieß meinen Bruder weg, riß mich los und rannte in Richtung auf unser Haus. Meinem Bruder war angst und bange geworden, er lief hinter mir her und wollte mich besänftigen. Aber sein rechtes Bein war gelähmt, deshalb konnte er mit mir nicht mithalten. Humpelnd versuchte er auch zu rennen, aber er fiel hin.

Mein Hemd war voller Blut. Die Haare waren blutbeschmiert. Als Mutter mich sah, bekam sie einen Schreck und fing an zu weinen. Vater, ganz aufgeregt, streute Puder auf die Wunde.

Weinend erzählte ich Mutter, daß mein Bruder mich mit dem Khadabbal getroffen hatte.

Dann sah ich, wie mein Bruder angehumpelt kam. Allein. Er muß etwas geahnt haben. Muß Angst gehabt haben.

Mein Bruder beteuerte unablässig, er habe mich nicht getroffen, aber Vater hörte nicht auf, auf ihn einzuschlagen. Mein Bruder weinte. Obwohl er die Wahrheit sagte, wurde er bestraft.

Ich sah das Gesicht meines Bruders. Mit vor Trauer und Furcht geröteten Augen blickte er zu mir her, als flehe er mich an, doch die Wahrheit zu sagen. Aber da war es schon zu spät. Er hatte seine Strafe bekommen. Außerdem hielt ich es für undenkbar, nach so kurzer Zeit meine Aussage zu widerrufen. Womöglich hätte mein Vater dann mich geschlagen! Ich hatte Angst.

Seit diesem Vorfall sind Jahre vergangen. Aber die verängstigten Augen meines Bruders starren mich von Zeit zu Zeit immer noch an. Sie betteln, flehen mich an, doch die Wahrheit zu sagen. Wann immer in meiner Erinnerung diese Augen auftauchen, ist mein Bewußtsein von Reue, Unruhe und Schuldgefühl erfüllt.

Ich möchte für diese Schuld um Verzeihung bitten. Möchte für diese Schuld bestraft werden. Aber jetzt sind weder Mutter noch Vater da, daß ich ihnen sagen könnte, was damals wirklich geschah.

Verzeihen könnte mir allein mein Bruder, der für meine Lüge Prügel einstecken mußte. Vor ihm wollte ich diesen Vorfall auch zur Sprache bringen, aber er konnte sich nicht einmal daran erinnern. Er hatte ihn ganz und gar vergessen.

Wer kann mir also diese Schuld verzeihen? Ist es nicht eine Schuld, die auf einer Entscheidung beruht, die falsch und ungerecht war, jetzt aber nicht mehr zu ändern ist?

Und ist es nicht eine Schuld, die nie verziehen werden kann? Denn jetzt ist es nicht mehr möglich, sich von ihr zu befreien.

Der goldene Gürtel

Nachts herrschte im Haus immer große Dunkelheit. Bei weitem größer und dichter war sie als in anderen Häusern. Die Wände waren ganz darin eingetaucht. Die Luft wurde sehr schwer und drückend; sie war vermengt mit verschiedenartigen Gerüchen. Manchmal kam es mir vor, als röche es nach Pandane, wo es doch ringsum, im ganzen Dorf, keine einzige Pandane gab. Manchmal roch es nach dem Wasser des Dorfteiches, der voller Fische war. Unsere Lungen füllten sich mit Fischdunst, das Atmen wurde schwer, und überall spürten wir Feuchtigkeit.

Und manchmal geschah es auch, daß sich ein Verwesungsgeruch wie ein feiner, dünner Schleier übers ganze Haus legte. Wenn sich dieser Gestank verbreitete, breitete sich auch der Schatten einer unsichtbaren Angst aus. Mutter sagte dann immer: „Ich glaube, irgendwo liegt eine tote Ratte." In ihrer Stimme mischten sich Ungewißheit und Furcht. Dann faßte sie langsam Mut und sagte: „Munna, geh mal in die dunkle Kammer und sieh nach, was die Großmutter macht."

Ich war überzeugt, daß sich in Mutters Innerem die Angst festgesetzt hatte, die sich mit jenem Verwesungsgeruch ausbreitete, und daß sie sich um die Großmutter Sorgen machte. Oft vergaßen wir alle die Großmutter, und manchmal sahen wir sie monatelang nicht. Weder hatten wir sie vor Augen, noch existierte sie in unserer Erinnerung.

Die Kammer, in der die Großmutter auf einer alten Bettstelle aus Rosenholz schlief, hieß 'die dunkle Kammer'. Sie war ein winziger, enger, in den Boden gegrabener dunkler Raum, in dem kein einziges Fenster war. Es gab nur eine kleine Tür, deren Rahmen so niedrig war, daß man fast in der Hocke durch sie in den Raum steigen mußte. Sein Boden war mindestens anderthalb Spannen niedriger als die Erdoberfläche. Drin war es immer dunkel, auch tagsüber. Die Großmutter verließ erst nach Tagen, manchmal sogar nach Monaten diesen Raum. Wahrscheinlich ließ sie in irgendeiner Zimmerecke Wasser, denn in die stickige, drückende Luft der dunklen Kammer

mischte sich der scharfe Geruch von Ammoniak. Auch von Großmutters Körper ging dieser Geruch aus.
Ich war fest überzeugt, daß die Großmutter im Dunkel des Raumes alle Dinge ganz klar erkennen konnte. Ein-, zweimal, als Mutter, aus Scheu vor dem Verwesungsgeruch, mich beauftragte, nach der Großmutter zu sehen, und ich in die dunkle Kammer blickte, glühten im Dunkeln, da, wo Großmutters Bett stand, zwei bläulich-graue Augen. Auch Katzenaugen glühen so im Dunkeln. Wenn ich „Großmutter! Großmutter!" rief, kam ein krächzendes „Huu" aus diesen Augen zurück. Wenn ich dann im selben Augenblick im Dunkeln zurücklief und laut sagte: „Mama, die Großmutter ist am Leben", schimpfte Mutter mich gehörig aus. Aber auch wenn ich sagte: „Mama, die Großmutter ist es nicht, die verwest, dieser Gestank kommt von was anderem Toten", konnte es passieren, daß Mutter schimpfte. Deswegen sah ich in letzter Zeit immer, wenn sich der nächtliche Geruch im Haus verbreitete und Mutter aus Furcht mich in die dunkle Kammer schickte, kurz hinein, kam zurückgelaufen und verkündete lauthals: „Die Großmutter hat 'Huu' gesagt."
Aber nachts hatte ich vor Katzen große Angst. Besonders vor der schwarzen Katze, die in der Nacht kam, vom Dach herabstieg, im ganzen Haus herumwanderte und sich manchmal unter unserem Bett niederließ. Auch ihre Augen glühten bläulich-grau. Aus ihrem Innern schien ein schwaches, schmutzig-gelbes Licht. Je tiefer das Dunkel war, desto klarer leuchteten diese Augen. In der Nacht jammerte die Katze, und dann dämmerte mir, daß diese Katze niemand anderes war als die Großmutter. Vielleicht nahm sie diese Gestalt an, um das ganze Haus zu erkunden. Die Frauen in unserem Dorf erzählten so manche Geschichte, in der es vorkam, daß gewisse Frauen sich durch Zauberei in jeden beliebigen Gegenstand verwandeln konnten. Solche Zauberinnen wurden Tonhi genannt, und die Katze war ihre Lieblingsgestalt, weil eine Katze auch im Dunkeln sehen kann.
Aber damals war nicht nur die Großmutter, sondern jede Frau für mich rätselhaft. Ich war ständig im Ungewissen. War voller Erwartung, ich könnte Zeuge sein, wenn eine Frau sich in etwas anderes verwandelte. Aber es kam nie dazu. Ich erfuhr auch nicht, wann sich die Großmutter in eine Katze verwandelte.

Onkels Frau, von der es hieß, sie trage anstelle des Herzens einen vierkantigen Holzklotz in sich, den sie sich zugelegt hatte, weil ihr der Mann weggelaufen war und sie keine Kinder bekommen hatte, war besonders hart. Sie konnte auch fluchen. Irgendwann hatte sie erzählt, daß die Großmutter vor Jahren, als sie noch jung und sehr schön war, mit der Frau des Dorfbarbiers verkehrt hatte. Die Barbiersfrau kannte sich in der Zauberei aus, und auch die Großmutter hatte einiges von ihr gelernt. Aber in manchen Fällen wendet sich der Zauber gegen seinen Urheber. Genau das war der Großmutter passiert. Ihr zarter Körper, auf dem sich, sowie sie sich der Sonne aussetzte, Bläschen bildeten und aus dem in Sommernächten Jasminduft strömte, war wegen des gewendeten Zaubers erst kupferfarben und dann dunkelbraun geworden. Sie hatte im Laufe der Jahre dreizehn Kinder geboren, von denen nur der Vater, die Tante in Jasidih und der Onkel am Leben geblieben waren. Dessen Frau behauptete, allein Großmutters mißglückter Zauber habe ihre Kinder verschlungen. Und nur die Zauberei der Großmutter habe bewirkt, daß Vater und der Onkel es nie längere Zeit zu Hause aushielten.

Unser Haus war schwächlich, krank und im Zustand der Auflösung. In jedem Dachsparren, jedem Balken saßen die Holzwürmer, die den ganzen Tag über weißes Sägemehl auf den Boden streuten. Tagsüber sammelte sich überall, auf allen Gegenständen Sägemehl. Wenn Mutter abends kehrte, häuften sich in einer Ecke des Hofes Sägemehl, Staub und Ziegelpulver.

Mutter wußte, daß die Wände des Hauses im Innersten längst ausgehöhlt waren und dort ein anderes Leben, eine andere Welt herrschten. Diese Welt war eine Welt der Ratten, seltsamen, buntschillernden Ungeziefers und anderer unsichtbarer Lebewesen, die wir nie zu Gesicht bekamen. Sicher eine Welt mit ihren eigenen Gesetzen. Unsere Welt hier draußen war für jene Welt nicht mehr als Dünger und Luft. Wir alle wußten, daß es mit unserem Haus zu Ende ging. Es konnte jederzeit plötzlich Schluß sein damit. Nachts, wenn überall tiefe Stille herrschte und das Haus in die schwere, vom penetranten Geruch des Fischdunstes erfüllte Luft getaucht war, setzte in der Welt im Innern der Wand ein seltsames, feines Geräusch ein. Es war, als flüsterte jemand in einer fremden und unbekannten Sprache. Dabei ging es um Schicksal und Tod in unserer eigenen Welt. Man hörte das Hin und Her, in dem Dinge zerbrachen und wiederhergestellt wurden. Da wurde etwas Neues geschaffen und gestaltet. Manchmal meinte man, in der Höhlung aller Wände, von einem Ende zum andern, schlafe eine riesige Schlange, deren heißer, dampfender Atem bis in unsere Atemzüge und Träume drang.

Ich fürchtete mich nicht nur vor der Katze, der Großmutter und der Zauberei, sondern auch vor den Wänden des Hauses. Ich war überzeugt, daß, wenn ich mich an die Wand stellte und das Ohr daranlegte, sich mir alle Geheimnisse jener anderen Welt erschließen würden. Doch bei diesem Gedanken fing mein Herz an heftig zu pochen. Ich brachte in meinem Innern nicht den Mut auf, der nötig gewesen wäre, um jene seltsame, unbekannte und unsichtbare Sprache hören zu können, die die Sprache der anderen Welt war. Es schien mir, daß ich, wenn ich auch nur ein Wort jener Sprache hörte und verstünde, unter keinen Umständen am Leben bleiben könnte.

Aber was die Großmutter betraf, so nahm ich an, daß sie nicht nur jene Sprache konnte, sondern daß sie es war, die hinter vielen Ereignissen in jener Welt stand. An ihren Fingern hingen die unsichtbaren Fäden jedes Mißgeschicks, jedes Unfalls, die unser Haus dem Untergang näher führten. Was sollte sie sonst auch monatelang Tag und Nacht in ihrer dunklen Kammer tun? Die Großmutter war die Feindin unseres Hauses. Das wußte sie genauso gut wie wir. Sie wußte auch, daß außer Rame (meinem Vater) keiner verstehen konnte, was sie sagte. Sie war über achtzig Jahre alt und in ein Spiel oder einen Zauber verwickelt, an dessen Ende sie zusammen mit sich selbst auch unser Haus zerstören sollte. Im Bann dieses Zaubers war auch unser Haus über achtzig Jahre alt geworden, und wir alle spürten, daß auch unsere Lungen und Knochen achtzig Jahre alt waren. Wir wollten die Zerstörung verhindern.

Die Großmutter aß nur einmal am Tag. In ein uraltes, zerbeultes Zinkgefäß wurden Linsen und Reis, Chutneywürze und trockner Pfeffer gefüllt, und Mutter stellte es auf die Türschwelle der dunklen Kammer. Immer wieder kam es vor, daß das Gefäß tagelang unverändert voll zurückkam, dann rührte keiner das Essen an. Manchmal vergaß man die Großmutter ganz. Dann war nirgendwo die Rede von

ihr. Das konnte Monate so gehen. Dann kam ein Tag, da sahen wir, wie die Großmutter in der Ecke des Hofes, in der Mutter die Abfälle des ganzen Hauses zu einem Haufen zusammentrug, in einer schmutzigweißen Dhoti auf diesem Haufen saß, die Stirn auf die Hände gestützt. Bei ihrem Anblick sagte Onkels Frau: „Heute ist die Alte wieder herausgekommen. Sicher wird irgendjemand im Hause krank."
Immer wenn die Großmutter erschien, geriet das ganze Haus in eine seltsame Bewegung und Aufregung: Onkels Frau hörte nicht auf vor sich hinzumurmeln. Vaters Schwester, die die Großmutter begleitete, stampfte dabei auf den Boden. Mutter fing an, im ganzen Haus aufzukehren und alte Lappen und kaputten Kram in den Hof zu werfen. Jeder tat, als sähe er die Großmutter nicht. Aber ich wußte sehr wohl, daß das ganze Haus, nur weil die Großmutter erschien, innerlich erzitterte wie ein Blechtopf voller Wasser. Nur wegen der Großmutter schien jeder in eine Arbeit vertieft zu sein. Die Stimmen der Tanten und der Mutter klangen plötzlich schrill. Dabei wußte ich, daß das alles keine echte Geschäftigkeit war, sondern Ausdruck der Feindseligkeit und des Hasses aller gegen die Großmutter. Wenn die Großmutter erschien, fing das Haus an zu schlingern wie ein Schiff, und es formierte sich gegen sie wie eine Armee.
Die Großmutter saß immer auf demselben Müllhaufen, auf dem sie einen Sack ausgebreitet hatte. Manchmal schien sie an einem Beutel zu nähen. Einmal hatte ich beobachtet, wie alle Furchen in ihrem Gesicht, als sie sah, daß meine Blicke auf ihr ruhten, sich plötzlich zusammenzogen und in ein krampfhaftes Lachen verwandelten. Sie winkte mich zu sich. Das war Großmutters erste und einzige Reaktion auf die Außenwelt. Vielleicht weil sie mit dem Einfädeln nicht zurechtkam. Aber ich ging nicht zu ihr hin, denn ich hatte Angst, die Großmutter könnte heimlich ihr Zauberhaar irgendwo an meinem Körper befestigen. Onkels Frau hatte nämlich einmal erzählt, daß Frauen, die sich mit Zauberei abgeben, manchmal eines ihrer Haare Kindern an den Körper heften. Wenn sie dann später dieses Haar zurückzaubern und es in einen mit Milch gefüllten Topf tun, verwandelt sich die ganze Milch in Blut – das Blut des Kindes, aus dessen Körper das Zauberhaar es gesaugt und das es mitgenommen

hat. Davor hatte ich Angst. Wenn es mir womöglich auch so ginge, würde mein Körper weiß werden wie Papier.

Die Großmutter sah aus wie ein alter Geier, an dessen Kopf und Hals alle Haare ausfallen und einen dürren, kränklichen, verrunzelten Hals und einen nackten Schädel zurücklassen. Unausgesetzt vernimmt im Innern dieses Schädels das Gehirn ganz leise alle die Laute, die ankündigen, daß seine Zeit zu Ende geht. Die Großmutter tat mir auch leid, aber sie war unsere Feindin, denn sie hatte einen goldenen Gürtel, der sechsundfünfzig Tola wog und den sie irgendwo im Haus, im Fußboden, in der Wand oder beim Brunnen hinter dem Haus oder vielleicht unter einem Baum in der Nähe vergraben hatte.

Nachts, wenn die ganze Hausarbeit getan war, setzten sich die beiden Tanten und Mutter bei der Laterne zusammen. Es war die einzige Laterne im Haus. Mutter aß, nachdem alle anderen gegessen hatten und sie mit dem Geschirrspülen fertig war. Mit ihrem Essen setzte sie sich neben die Laterne. Jeden Bissen Brot untersuchte sie längere Zeit und fand jedesmal etwas darin, das sie herausklaubte und wegwarf, um ihn dann lange und in aller Ruhe zu kauen. Währenddessen redeten sie weiter. Vaters Schwester hatte in Jasidih, in der Nähe von Orissa, geheiratet und war nach nur einem Jahr, nach dem Tod ihres Mannes, in unser Haus zurückgekehrt. Seit damals, also seit zehn Jahren, wohnte sie hier. In allem, was sie sagte, schwang Erstaunen mit, deshalb waren ihre Augen immer weit aufgerissen. Wenn man sie ansah, kam es einem vor, als sei für sie die ganze Welt voller Wunder und jeder Gegenstand geheimnisvoll.

Onkels Frau hatte einen Körper, der sehr kleingewachsen und abgemagert war. Sie war um die fünfzig und hatte noch kein Kind geboren. An der Stelle ihres Herzens saß ein Holzklotz, deshalb war sie so hart. Einmal hatte sie mich am Arm mit einem heißen Eisenlöffel verbrannt, worauf zwischen ihr und Mutter ein heftiger Streit ausgebrochen war. Vielleicht war das der Tag, an dem Mutter mir von dem Holzklotz erzählt hatte.

Das schmutzig-trübe Licht der Laterne war zu schwach, um die Dunkelheit, die im ganzen Haus herrschte, zu erhellen. In der Nacht versanken die meisten Gegenstände im Haus in der drückenden Luft, in rätselhaften Gerüchen und absonderlichen Geräuschen. Die Welt in der hohlen Wand lebte auf, und der Lärm des unsichtbaren Treibens darin drang zu uns nach draußen. Wir alle saßen zusammengekauert um die Laterne. Mutter und die beiden Tanten führten endlose Gespräche, die einem vorkamen wie die Wortwechsel in einer langen, langen Geschichte. Ich hörte schweigend zu und nahm mir fest vor, wenn ich erwachsen wäre über dieses Haus eine Erzählung zu schreiben.

Mit einem Bissen Brot im Mund und einem Gesicht, das im trüben Laternenlicht sehr alt, müde und krank erschien, sagte Mutter: „Wenn Mutter" – sie meinte die Großmutter – „den Gürtel herausgibt, ist dieses Haus auch jetzt noch zu retten." Onkels Frau sagte: „Verlaßt euch darauf, wenn die Alte einmal stirbt, wird man den Gürtel in ihrem Gedärm finden. Zu Lebzeiten kriegen wir das Versteck aus ihr nicht heraus." Mutters Gesicht verdunkelte sich: „Gott verhüte, daß jemand sich einbildet, allein zu stehen." Vaters Schwester schwieg meist. Ich fand es eigenartig, daß die Großmutter ihre Mutter war. Es kam mir vor, als hätte die Großmutter alle vergessen – Rame, seine Schwester und auch den Onkel. Diese ganze Welt war ihr fremd und unbekannt. Jetzt konnte sie vielleicht nur noch die Zaubersprache der Welt im Innern der Wand. Unsere Sprache hatte sie vergessen, deshalb konnte keiner verstehen, was sie sagte.

Nur bei Vater war es anders. Jedesmal, wenn er nach drei, vier Monaten aus Kalkutta zurückkam, setzte er sich am ersten Tag bestimmt für zwei, drei Stunden zur Großmutter in die dunkle Kammer. Er redete mit ihr. Die Großmutter war schließlich seine Mutter. Sie war es, die Vater zur Welt gebracht hatte.

Den Gürtel, der sechsundfünfzig Tola wog, hatte Großvater mitgebracht. Großvater war der Held in der Geschichte unseres Hauses. Er hatte die ganze Erde bereist und gewaltige Taten vollbracht. Ich meinte, die ganze Welt müßte von ihm wissen. Sein verblaßtes Bild hing in Mutters Raum. Es war das einzige Bild von ihm; der Feuchtigkeit und der Zeit ausgesetzt, klebte es an einem Stück Glas und moderte vor sich hin. Großvater trug einen Marathenturban, zwischen den Schenkeln klemmte ein Gewehr, und er hatte einen gewaltigen Schnurrbart.

Immer wenn im Schein der Petroleumlampe die Rede auf den goldenen Gürtel kam, begann auch die Geschichte des Großvaters. Mutter erzählte, daß es Großvaters Lieblingsbeschäftigung war, Vögel zu halten. Jede Ente auf dem Dorfteich kannte er, und jede rief er bei ihrem eigenen Namen. Manchmal brachte er welche mit nach Hause. Dann wimmelte das ganze Haus von Enten. Überall Enten. Eine richtige Heimsuchung war das. Großvater war ständig auf dem Laufenden, welcher Vogel auf einem bestimmten Zweig eines bestimmten Baumes im Wald Junge hatte und wie alt sie gerade waren. Nicht nur mit Enten, auch mit Krähen und Ochsen konnte er sich unterhalten. Ein paar Mal sagte er, nachdem er Ameisen befragt hatte, ganz genau voraus, ob es regnen würde oder nicht.

Zu diesem Dorfteich, auf dem Großvaters Enten, Fischreiher, Perl- und Moorhühner, Zwergsteißfüße, Wasserläufer und was sonst noch alles für Vögel lebten, kam häufig ein englischer Beamter mit seiner weißen Frau, schoß mit seiner Schrotbüchse Enten und nahm sie mit. Manchmal kam Großvater ganz bedrückt vom Teich zurück und murmelte: „Heute hat der Weiße den Mohan, den Sawant und die Duji umgebracht."

Mutter erzählt, wie eines Abends Großvater im Hof auf der Bettstelle lag und schweigend zusah, wie am Himmel gerade der Große Bär, der Polarstern und die Venus auftauchten, als plötzlich der orange-blaue Abendhimmel von Vögeln bevölkert war. Die Vögel der ganzen Erde, außer Rand und Band geraten, schrien dort am Himmel. Dem Großvater fiel eine Krickente vor die Füße. Sie war blutgetränkt, im ganzen Körper steckten Schrotkugeln, und ihr Hals war halb durchgetrennt. Großvater reinigte den Lauf seines Gewehrs, lud es mit Patronen, band sich den Turban um und begab sich zum Teich.

Danach, heißt es, stellte sich Großvater auf die gegenüberliegende Uferböschung und ließ den englischen Beamten wissen, daß es kriminell sei, an diesem Teich Vögel zu schießen. Alle diese Vögel habe er in seinem Haus großgezogen, der Engländer solle sich mit seiner Büchse fortan also nicht mehr hier sehen lassen. An jenem Tag war der englische Beamte allein, deshalb zog er sich mit seiner Frau zurück, ohne ein Wort zu sagen. Aber am Tag darauf wurden dem

Großvater alle Felder beschlagnahmt, das Vieh vertrieben und unser Dorf zum Rebellendorf erklärt.

Von jetzt an kam der englische Beamte täglich gegen Abend an den Teich und schoß Vögel mit seiner Schrotbüchse. Großvater lag auf der Bettstelle im Hof und sah schweigend zu, wie Vögel den Himmel verfinsterten: verletzte, blutüberströmte Enten, schreiende Wasserläufer, verängstigte Fischreiher. Mutter erzählte, daß der Tag, an dem der englische Beamte, toll vor Wut, sein Gewehr auf die Enten auf dem Teich abfeuerte, auch der Tag war, an dem im Panjab die Schüsse von Jaliyanwala Bagh fielen.

Eines Tages reinigte Großvater wieder sein Gewehr und setzte sich, hinter Laub versteckt, auf einen Ast eines Mangobaums am anderen Ufer. Der englische Beamte war mit seiner Frau und seinen Leuten gekommen. Er saß auf einem Hochsitz, der auf einem Mangobaum am diesseitigen Ufer angebracht war. Großvaters Stimme scholl von drüben herüber: „Schluß damit, Lord Saheb, ein für allemal! Ich bin der Herr des Teiches und der Herr der Vögel, ich befehle es dir..."
Großvater war im Mangobaum versteckt, so konnten ihn weder der englische Beamte noch seine Leute sehen. Alle meinten, in ihnen spräche die Angst. Der Engländer wurde wütend. Die Engländer waren damals Herrscher über ganz Hindustan, und hier war einer, der wegen einer getöteten Ente laut dagegen aufbegehrte!

Der englische Beamte zielte von seinem Hochsitz auf einen Schwarm Krickenten – peng, ging das Gewehr los, und die Leute sahen, wie der ganze Himmel von schreienden Vögeln wimmelte. Aber dann sahen sie, daß diesmal nicht tote Krickenten herabfielen – was fiel, war die Leiche des englischen Beamten.

Es waren nämlich zwei Gewehre gleichzeitig losgegangen. Großvater stieg von der Uferböschung drüben herab und reinigte den Lauf seines Gewehrs, dann sah er zu den Vögeln hin und lächelte, winkte und machte sich davon. Danach, berichtet Mutter, war Großvater fünfundzwanzig Jahre spurlos verschwunden. Einer behauptete, er sei Asket, ein anderer, er sei Räuber geworden. Sein ganzes Land hatte man beschlagnahmt. Die Familie hatte nichts zu beißen und zu brechen. Großmutter zog ganz allein die drei Kinder groß: meinen Vater, den Onkel und die Tante. Damals gingen unzählige Geschichten über

Großvater von Haus zu Haus: Er sei nach Deutschland gegangen, hieß es, und dann nach Rußland. Er sei durchs Meer geschwommen und habe in den Boden eines englischen Schiffes ein Loch gebohrt. Er habe einen Zug ausgeraubt. Weiter hieß es, er sei in einer tätlichen Auseinandersetzung zu Tode gekommen, sei am Galgen geendet, an Krebs gestorben.
Aber fünfundzwanzig Jahre danach, an einem Donnerstagabend im Spätherbstmonat Kartik, kehrte Großvater zurück, gerade am Tag vor Diwali. Ganz alt und dürr war er geworden. Er hatte einen weißen Bart und einen kahlen Kopf. Und man erzählt sich, er habe in der Diwalinacht Großmutter den Gürtel gegeben, der sechsundfünfzig Tola wog. Und aus Gold war.
In ein und demselben Jahr waren wir unabhängig geworden und war Großvater zurückgekehrt, im selben Jahr aber war er auch krank geworden. Man behauptet von Großvater, er habe, als er noch bei Kräften war, einmal die Lokomotive eines fahrenden Zuges angehalten und anderthalb Meilen zurückgeschoben; aber als wir unabhängig waren, konnte er nicht einmal das Wassertöpfchen aus Messing hochheben, mit dem er seine Notdurft verrichten ging. Er hatte Asthma und keuchte in einem fort. Inzwischen waren mein Vater, der Onkel und die Tante erwachsen. Die Tante meint, seit dem Jahr, in dem wir unabhängig geworden waren, seien alle die, die den Kampf gegen die Engländer ausgefochten hatten, einer nach dem anderen krank geworden und gestorben. Auch Großvater starb in jenem Jahr. In seinen letzten Tagen hatte sich auf seinem alten Gesicht, das klebte wie ein Zuckerklumpen, ein Fliegenschwarm niedergelassen. Großvater sah aus wie ein alter Geier, doch die Sprache der Vögel hatte er vergessen. An dem Tag, an dem er heimgekehrt war, war er an den Teich gegangen, aber dort hatte ihn nicht eine einzige Ente erkannt. Alle alten Enten waren längst tot, und für ihre Nachkommen war Großvater ein Fremder. Daran war er innerlich zerbrochen. „Alles ist anders geworden" – das war alles, was er noch gesagt hatte. Sein Messingtöpfchen stand immer noch in unserm Haus in der Dachkammer; ich war zu schwach, es hochzuheben.
Im gelben, kränklichen Licht der Laterne sahen die Gesichter der Mutter und der beiden Tanten aus wie die verblaßten Bilder auf den

Seiten eines von Termiten befallenen alten Buches. Ihre Stimmen hielten sich eine Weile in der von Fischdunst gesättigten schwülen Luft und versanken dann schwer von Feuchtigkeit. Wir alle wußten, daß unser Haus jetzt langsam zu Staub wurde. Auch Mutter wurde zu Staub. Vater konnte im Jahr höchstens zwei-, dreimal zu Besuch kommen. Er arbeitete in Kalkutta als Buchhalter im Tuchladen eines reichen Marwaris. Der Onkel war früher regelmäßig gekommen, doch seit vier Jahren hatte er sich nicht sehen lassen. Ab und zu überwies er fünfzig Rupien.

Vaters Schwester und die Mutter sprachen eines Tages darüber, daß der Onkel in Gauhati mit einer assamesischen Gemüsefrau zusammenlebte. Sie sei sehr schön und könne zaubern. Immer wenn der Onkel ans Heimkehren denkt, verwandle sie ihn in einen Ochsen und binde ihn an einen Pflock. Die Tante meinte, wenn seine Frau ein Kind zur Welt gebracht hätte, würde der Onkel bestimmt regelmäßig nach Hause kommen. Schließlich komme Vater ja auch. Einmal hatte Vater davon gesprochen, mich nach Kalkutta mitzunehmen, aber er hatte dort bei sich keinen Platz. Seit zwölf Jahren übernachtete er im Laden des Marwaris.

Als auch Vater die Großmutter einmal nach dem Gürtel, der sechsundfünfzig Tola wog, gefragt hatte, hatte sie erst lange geschwiegen. Dann hatte sie gesagt: „Rame, als dein Vater den Weißen umgebracht hatte und geflohen war, hatte ich zehn Tola Gold. Ich habe meine drei Kinder irgendwie großgezogen und euch beide Brüder in die Schule geschickt. Vier Tola waren übrig, und die habe ich zu gleichen Teilen den beiden Schwiegertöchtern gegeben. Und was ihr alle mir trotzdem angetan habt, das sieht bestimmt nicht nur Gott, sondern das ganze Dorf." Die Großmutter hatte angefangen zu weinen, dann hatte sie gesagt: „Jetzt stellt mir die Schwiegertochter wenigstens ein bißchen Reis und Linsen auf die Schwelle. Wenn ich den Gürtel weggebe, welche Hoffnung bleibt uns dann noch? Ob es den Gürtel nun gibt oder nicht, er ist für mich und für euch alle die einzige Hoffnung, mein Sohn."

Vater und der Onkel hatten das ganze Haus durchwühlt. Sie hatten bei einem Astrologen einen Almanach eingesehen und daraufhin nach dem verborgenen Schatz gegraben, hatten eine Metallschale kreisen lassen, aber keiner bekam heraus, wo die Großmutter den Gürtel versteckt hatte. Einmal träumte Mutter, der Gürtel stecke in einem Bronzetopf, der in den Sockel der Tulsipflanze im Hof eingemauert war, und werde dort von drei weißen Schlangen bewacht. Der Sockel wurde auseinandergenommen. Ein anderes Mal, am Tijafest, wurde das Bett mit der Großmutter in den Hof gestellt. Vaters Schwester massierte sie mit Senföl. Man kämmte Großmutters Haar und band es zu einem Knoten. Mutter gab ihr Halwa und Khir, Kohl und Kartoffeln und Purifladen zu essen. Mit einem Fächer wedelte man ihr Luft zu. Mit allen möglichen Winkelzügen bemühten sich die drei Frauen, ihr das Geheimnis zu entreißen. Inzwischen brach Vater mit einem Brecheisen den Boden der dunklen Kammer an vielen Stellen auf, aber der Gürtel fand sich nirgendwo.

Einmal hatte die Großmutter einen Hitzschlag erlitten. Sie kam mehrere Tage lang nicht aus der dunklen Kammer heraus und hörte nicht auf zu stöhnen. Onkels Frau, die anstelle des Herzens ja einen Holzblock hatte, sagte: „Es ist höchste Zeit. Wenn die Alte es überhaupt verrät, dann soll sie es jetzt tun, sonst kratzt sie uns womöglich noch ab." Es heißt, sie hat die Großmutter, auch als diese krank war, sehr eingeschüchtert und bedroht. Sie fuchtelte mit einem Messer herum, würgte sie und hielt ihr Nase und Mund zu, so daß ihr längere Zeit der Atem wegblieb. Davon schwoll Großmutters Körper an wie ein Ballon, doch selbst dann verriet sie nicht, wo der Gürtel war. Einmal bekam die Großmutter einen Monat lang kein einziges Körnchen zu essen. Mutter und die beiden Tanten stellten sich an die Schwelle zur dunklen Kammer und erklärten der Großmutter, jetzt sei es so weit, daß man sogar die Ziegel des Hauses verkaufen müsse, keiner habe auch nur ein Körnchen im Magen, und Rame schicke kein Geld mehr. Niemand könne Gold in den Himmel mitnehmen. Noch ehe er ankommt, schnappe es sich der Todesbote und stecke es in den Bauch seines Büffels, oder es bleibe überhaupt hier zurück. Gold, das zuläßt, daß trotz seines Vorhandenseins ein Kind verhungert, werde zu Kot. Termiten fräßen es auf...

Wer weiß, ob Großmutter das alles mitbekam. Sie war unsere Feindin. Manchmal sagte Vater zornig zu Mutter: „Ihr alle habt meine Mutter zur Feindin gemacht. Mir wird angst und bange, wenn ich mir vorstelle, was mir in diesem Haus passieren wird, wenn ich mal alt und krank bin. Ich erkläre schon heute, daß ich kein Vermögen habe. Ich verkaufe mein Blut, um euch alle zu ernähren, habt Erbarmen mit mir..." Eines Tages hatte Vater gesagt: „Es gibt keinen Gürtel oder so was. Alles ist erlogen. Mein Vater (der Großvater) war nie in Rangun oder in Deutschland. Es hat sich herumgesprochen, daß er in Kalkutta in einer Ziegelei gearbeitet hat. Seit Mutter (die Großmutter) auf der Welt ist, hat sie Tabak gekaut. Mit dieser Sucht ist das so eine Sache: Wenn Mutter den Gürtel hätte, hätte sie längst das Gold verkauft und sich dafür Tabak besorgt. Nein, das alles ist Lug und Trug, es gibt keinen Gürtel."

Damals weinte Mutter bis tief in die Nacht hinein. Danach hörte sie tagelang nicht auf zu weinen, während sie das Essen zubereitete, das Geschirr reinigte, den Boden fegte. Sie hatte es mit der Angst zu tun bekommen. Wenn etwas unser Haus davor bewahren konnte zu veröden und zu zerfallen, dann nur die Zauberkraft des Gürtels, der sechsundfünfzig Tola wog. Auch Vaters Kräfte hatten angefangen nachzulassen. Wäre der Gürtel nicht gewesen, dann hätten jahrealter Staub und Schmutz, Holzwürmer und die Zauberwelt in der hohlen Wand unser Haus in einen alten Erdhügel verwandelt, in dessen Innerem unser aller Knochen verschüttet wären. Unsere Zukunft auch.

Als Vater behauptet hatte, die Sache mit dem Gürtel sei erlogen, hatte Mutter fünfundzwanzig Tage lang geweint und Onkels Frau der Großmutter fünfundzwanzig Tage lang Staub und Erde ins Essen geschüttet. Vater war noch in derselben Nacht nach Kalkutta zurückgekehrt, und dann hatte fünfundzwanzig Nächte lang im Haus eine Finsternis geherrscht, die schwärzer und dichter war als Kohle. Die Laterne flackerte auf und erlosch. Die Luft war von einem Leichengeruch verpestet, der nicht weichen wollte. Als ich eines Tages auf Geheiß der Mutter zur dunklen Kammer ging, um nach dem Rechten zu sehen, sah ich Großmutters bläulich-graue Augen glühen und hörte sie stöhnen. Es roch nach Urin. Auf der Schwelle stand das zerbeulte Zinkgefäß, in dem Linsen und Reis waren und in das Onkels Frau Erde und Staub geschüttet hatte. Ein furchtbarer Krieg war in unserem Haus entbrannt. Die Großmutter war auf der einen Seite und

der Rest der Familie auf der anderen. Auf welcher Seite ich stand, war mir nicht ganz klar.
Die schwarze Katze streunte die ganze Nacht in allen Winkeln des Hauses herum. Tagsüber streuten die Holzwürmer Sägemehl von der Decke herab, und alle Gegenstände im Haus bedeckten sich mit Staub und Sägemehl. Wenn wir morgens aufstanden, hatte sich auf dem Laken, auf unserm Haar und den Augenbrauen Sägemehl angesammelt. Mutter und die beiden Tanten griffen mehrmals am Tag zum Besen. In einer Ecke im Hof erhob sich ein hoher Haufen aus Staub, Sägemehl und Ziegelpulver. Eines Tages fiel dann Großvaters Bild von selbst von Mutters Schrank herab, und alle sahen voller Furcht und Staunen, daß Großvaters Gesicht nicht mehr am alten Platz war. Da gab es kleine und große Würmer mit goldglänzenden Rücken. Sie hatten auch den hölzernen Rahmen des Bildes gefressen. In der Dachkammer sah ich, daß Großvaters Messingtöpfchen verschwunden war.
Die Frauen im Dorf sagten, die Kinder und Schwiegertöchter der Alten hätten sie in die tiefste Hölle gestürzt. Gott möge jeden zu sich nehmen, ehe er ihm ein solches Alter beschert.
Ich hatte noch eine ganz frühe Erinnerung an die Großmutter. Damals war in unserem Haus dieser Krieg noch nicht so heftig entbrannt und die Großmutter auch noch nicht so alt. Sie hatte eines Tages einen Elefanten auf Holzrädern und einen Gummiball aus ihrem Beutel gezogen und mir gegeben. Die Großmutter sang auch immer ein frommes Lied, das kaum zu verstehen war: „Hay dita rama... hay dita rama...". Aber diese Erinnerung lag lange zurück. Sie hatte mit der Großmutter von heute nichts gemein. Jetzt erkannte sie mich nicht mehr. Vielleicht hielt sie mich auch für ihren Feind und hatte mich deshalb aus ihrem Gedächtnis getilgt. Sie hatte jeden einzelnen vergessen. Auch die Sprache dieser Welt.
Anfangs aß die Großmutter überhaupt keinen Reis. Sie stammte aus dem Norden. Sogar wenn es für Großvater Reis gab, machte sie extra für sich Brotfladen. Aber wann immer mir jetzt ein Kochtopf vor die Augen kam, sah ich immer nur Reis darin. Auch ihr Tabak war zu Ende. Nichts gab es mehr auf der Welt, was ihr Freude machte. Und wenn irgendwo, dann war es für die Großmutter unerreichbar. Im

Krieg ist alles erlaubt. Gegen die Großmutter wurde jede denkbare Waffe eingesetzt. Auch die Großmutter tat alles, um mit ihrer Zauberei, ihrem Fluch unser Haus zu erledigen. Manchmal kam es einem vor, als würde die Großmutter endlich kapitulieren und den sechsundfünfzig Tola schweren goldenen Gürtel herausrücken und in den Hof werfen und dieser Krieg damit entschieden sein, aber dann hatte man wieder den Eindruck, daß es die Großmutter war, die siegte. Unser Haus hatte sie vom Innersten her brüchig und hohl gemacht. Dunkelheit, die Katze, schlechte Luft, Holzwürmer, Ratten, Krankheiten und ihr Heer von schlechten Nachrichten führten ihren unerbittlichen Krieg. Der eine Onkel war gestorben, den anderen hatte die assamesische Gemüsefrau zum Ochsen gemacht und angepflockt, Vater schaffte es monatelang nicht, nach Hause zu kommen, die Frau seines Bruders war unfruchtbar geblieben, der Regen blieb aus. Alle unsere vier Felder waren verkauft. Das letzte Stück Land hinter dem Haus war verpfändet. Großvaters Messingtöpfchen hatte man verkauft, und sein Bild hatten die glänzenden Würmer aufgefressen. Die Großmutter gewann den Krieg.
Am Abend jenes Tages kam die Großmutter aus der dunklen Kammer heraus. Zehn Tage lang hatte die Tante dafür gesorgt, daß sie nichts zu essen bekam. Die Großmutter sah aus wie ein krankes wandelndes Skelett, und ihr Körper verbreitete den Geruch von Urin. Sie hatte sich auf dem Müllhaufen niedergelassen, ohne den Sack auszubreiten. Ihr Schädel war nackt und haarlos. Darunter war ein langer, dürrer Hals voller Falten. Ihre Augen saßen tief in den Höhlen, und es schien, als blickten sie nicht nach außen, sondern nach innen. Großmutters nackter Schädel auf dem dürren Hals zitterte, und aus den Augenhöhlen trat Wasser. Ihr ganzer Körper bebte. Ihre Hand zitterte wie ein Blatt im Wind.
Ich sah, daß die Tante sich bei ihrem Anblick fürchtete. Dann sagte sie zu meiner Mutter: „Ich glaube, Mutter hat Malaria. Sie zittert im Fieber." Auch Mutter sah die Großmutter durchs Küchenfenster. Die Großmutter, die wie ein alter kranker Geier auf dem Müllhaufen in der Hofecke hockte, sang im Fieber: „Hay dita rama... hay dita rama..."
Onkels Frau sagte: „Diesmal überlebt die Alte nicht. Gebraucht euern Verstand, sonst ist alles futsch. Dies ist die letzte Gelegenheit. Wenn

die Alte den Gürtel herausrückt, dann jetzt oder nie, wenn nicht, ist das Haus so gut wie am Ende." Ich sah, wie die Tante zur Großmutter ging, sie am Arm packte und vom Müllhaufen hochhob. Großmutters dünne Arme bestanden nur noch aus Knochen, über die sich ihre uralte dünne Haut voller glänzendem Schorf und Falten spannte. Sie sang ununterbrochen weiter: „Hay dita rama... Ohne Boden rollt der Topf... Ohne Boden rollt der Topf... hay dita rama..."

Die Tante legte den Mund dicht an ihr Ohr und sagte laut: „Hör mal, Mutter, dein Sohn (mein Vater) hat ein Telegramm geschickt, daß er sehr krank ist. Er hat einen anderthalb Ser schweren Tumor im Magen. Er braucht Geld für die Operation. Mutter, nun sag doch, wo der Gürtel liegt, sonst stirbt dein Sohn." Dann kam meine Mutter hinzu. Auch sie hielt die Großmutter fest und rief ihr ins Ohr: „Mutter, Rame ist nicht mehr zu retten. Der Kleine ist auch krank. Der ist auch verloren. Gib den Gürtel heraus."

Aber es war deutlich zu merken, daß die Großmutter die Sprache der Welt vergessen hatte. Ihr nackter Schädel zitterte, aus den tief in den Höhlen liegenden Augen trat das Wasser, die Hände zitterten wie trockene Blätter, und aus dem zahnlosen Mund kam unausgesetzt ihr „Hay dita rama... hay dita rama..." Sie war im Delirium, war nicht bei Bewußtsein.

Da rief die Tante: „Schwester, sieh mal da unten. Ich glaube, die Mutter hat Durchfall." Und wirklich, die schmutzige Dhoti der Großmutter war hinten mit gelbem Kot beschmiert, der sich im Hof ausbreitete. Von ihrem Körper ging der scharfe Geruch von Urin aus. Im ganzen Haus roch es nach Kot und Urin. Ich mußte mich übergeben. Das Skelett der Großmutter, mit Kot beschmiert, zitterte im Fieber. „Hay dita rama .. hay dita rama..."

Vaters Schwester brachte einen Eimer Wasser, und die andere Tante goß das ganze Wasser der Großmutter über den Kopf. Großmutters schmutzige Dhoti klebte an ihrem Skelett. Der Hof war schlammig von Wasser, Kot und Urin. Der Gestank hatte sich verschärft. Onkels Frau schrie ihr ins Ohr: „Mutter, kannst du mich hören? Dein Sohn macht's nicht mehr lange. Der Kleine stirbt auch. Nun rück ihn schon heraus. Gib ihn uns, Mutter."

Noch ein Eimer Wasser, ein dritter, ein vierter wurden der Großmutter über den Kopf gegossen. Es schien, als hätte das Zittern ihres Skeletts nachgelassen. Ihr Hals war erschlafft. Der Gesang hatte aufgehört. Meine Mutter und Onkels Frau halfen ihr auf und brachten sie in die dunkle Kammer, aber darin war es nicht auszuhalten. Auch dort roch es stark nach Kot und Urin.

Die Tante sagte: „Die Alte wird selber ihre Wäsche wechseln. Hast du gesehen, Schwester, wie viel Kraft sie noch in den Gliedern hat. Zwei Leute schafften es kaum, sie hochzuheben. Die Alte hat irgendein Lebenselixier getrunken, so einfach geht die nicht." Zum ersten Mal sah ich, daß das Gesicht von Vaters Schwester traurig und düster war. „Aber diesmal kommt es mir irgendwie anders vor. So hat sich Mutter noch nie aufgeführt."

In jener Nacht war die schwarze Katze nicht zu sehen. Die Laterne strahlte mehr Licht aus. Die Luft war frei von Gestank und vom schwülen Geruch von Fischdunst. Ja, ein-, zweimal kam es mir sogar vor, als sei sie mit Jasminduft vermischt. Es war eine ordentliche Nacht, leicht wie Papier. Ich schlief tief und fest. Auch die Welt in den Wänden war heute eingeschlafen. Meine Mutter und die beiden Tanten hatten weitergeplaudert, und ich war eingeschlafen.

Am Morgen kam Onkels Frau in den Hof gelaufen. Ihr Gesicht war blaß. Sie stellte sich in die Mitte des Hofes und rief meine Mutter: „Schwester, komm schnell heraus. Mutter ist tot. Ich hab in die dunkle Kammer geguckt."

Meine Mutter ließ ab vom Geschirr und kam in den Hof heraus, nachdem sie Wasser in den Herd gegossen hatte. Da hörte man Vaters Schwester weinen. Nach kurzer Zeit weinten die drei Frauen im Chor. Als wäre es Musik. Dann trafen die Frauen des Dorfes ein. Der Hof füllte sich. Das ganze Haus war vom Weinen der Frauen erfüllt. Ich weinte auch und versuchte heimlich zu erraten, ob unter so vielen Frauen wenigstens eine ist, die sich in etwas anderes verwandeln kann. Mir fehlte der Mut, zur dunklen Kammer zu gehen, wenn ich auch gern einmal von der Tür aus hineingeblickt hätte. Wer weiß, ob dort immer noch Großmutters graue Augen glühen und sie auf meine Frage ihr 'Huu' krächzen würde. Ich hätte auch gern noch einmal das

Zinkgefäß gesehen, in dem die Großmutter ihr Essen bekommen und in das Onkels Frau Staub und Erde getan hatte.
Bis zum Mittag wurde die Großmutter am Ufer des Teiches verbrannt. Die Nacht war wieder nicht besonders dunkel. In der Luft war der Duft von Pandane. Die Schlange in der Wand atmete keinen Dampf aus. Aber wohl ein-, zweimal bildete ich mir ein, es kämen von dort die leisen und feinen Töne von Großmutters Lied: „Hay dita rama... hay dita rama..."
Am siebenten Tag kam Vater. Auch an den Onkel hatte man ein Telegramm geschickt. Aber weder kam seine Antwort noch er selbst. Ihn hatte die assamesische Gemüseverkäuferin zum Ochsen gemacht.
Am Abend des zehnten Tages nach Großmutters Tod war Vater in die dunkle Kammer eingedrungen. Die Sachen in Großmutters kleinem Bündel waren nicht mehr wieder zu erkennen. Außer vier, fünf vertrockneten schwarzen Guaven war da ein schwarzer hölzerner Ball, der vor ein paar Jahren einmal aus Gummi gewesen sein mochte. In einem Beutel war ein Holzpferdchen, eins mit Rädern, das sich in Kohle verwandelt hatte. In einer Puppe waren zwei Melassebrocken, die zu Erdklumpen geworden waren. Sonst waren da nur Wäschefetzen. Das war Großmutters ganzes Hab und Gut.
Onkels Frau hatte in der dunklen Kammer sorgfältig gekehrt. Großmutters Bettgestell hatte man in den Teich geworfen; der Leichenverbrenner hatte es wahrscheinlich herausgeholt und weggebracht. Vater machte sich mit der Brechstange über den Boden und die Wand der dunklen Kammer her. Mutter murmelte tausend Gebete zum Lob von Lakshmi, in der Hoffnung, daß man dadurch den Gürtel finde. Vaters Schwester holte in einer Metallschüssel Erde aus der dunklen Kammer und schüttete sie in den Hof. Die ganze Zeit hörte man, wie Vater mit der Brechstange arbeitete. Im ganzen Haus brannten Räucherkerzen und Ajowanöl. Onkels Frau hatte mich auf den Schoß genommen: „Jetzt wird alles gut. Das Haus ist gereinigt von Schuld und Sünde. Warte nur, gleich finden wir den Gürtel."
Das hieß, es ging zu Ende mit Großmutters Zauber. Die Großmutter war tot, und unser Sieg stand bevor. Jetzt würde unser Haus nicht zu Staub werden. Das ganze Strohdach würde erneuert. Der Hohlraum in den Wänden würde mit Zement und Mörtel gefüllt. Alle vier Felder

gehörten wieder uns. Vater gäbe die Buchhalterei bei dem reichen Marwari auf und bliebe zu Hause. Auch das Grundstück hinter dem Haus würde wieder uns gehören, der Onkel käme aus Gauhati zurück und seine assamesische Gemüsefrau würde sich in unserem Haushalt um Wasser und Geschirr kümmern und auf den Feldern arbeiten. Ich würde anfangen, in die Schule zu gehen, Mutter gesund werden, in der Luft wäre Jasminduft, und im Haus gäbe es mehrere Laternen, sogar eine Taschenlampe...

Mutter las in voller Lautstärke ihre Gebete. Vaters Schwester war weiter damit beschäftigt, in der Metallschüssel Erdklumpen aus der dunklen Kammer zu holen und in den Hof zu schütten. Dort erhob sich langsam ein Erdhügel. Es wurde Nacht. Onkels Frau saß neben mir. Wann ich einschlief, weiß ich nicht.

Um Mitternacht weckten mich plötzlich Lärm und Heulen und Klagen. Meine Mutter und Vaters Schwester weinten laut. Die Laterne stand mitten im Hof, und in ihrem trüben Schein sah man ringsum Haufen von Ziegeln, Erdklumpen und Staub. Auf der anderen Seite bewegte sich Vaters Körper. In seiner Hand war eine Schaufel. Er hatte den Boden und die Wand der dunklen Kammer durchwühlt und arbeitete sich jetzt von dort weiter voran. Wie ein zerstörerischer Geist. 'Tapp... tapp' ging seine Schaufel. Ich bekam Angst. Nie hatte ich Vater so gesehen. Er war schmutzig von Erde und Staub. Jedesmal wenn die Schaufel nach unten ging, stieß er einen Schrei aus.

Ich hatte Angst bekommen und angefangen zu weinen. Onkels Frau sagte leise: „Ich weiß nicht, was plötzlich in deinen Vater gefahren ist. Sicher hat die Alte die dunkle Kammer verwünscht. Seit er herausgekommen ist, hat er rote Augen und ist wie durchgedreht... O Gott, nur du kannst uns noch retten..."

Vater wühlte sich weiter durchs Haus. Die Lampe flackerte. In der Luft lag fauliger Leichengeruch. Aus der Welt im Innern der Wand waren geheimnisvolle Laute zu hören. Dort war ein heftiger Streit im Gange. So manches wurde geschaffen, manches andere zerstört.

Ich sah, daß die Holzwürmer von der Decke so viel Sägemehl gestreut hatten, daß mein Laken, das Haar, die Augenbrauen davon bedeckt waren. Mutter und die beiden Tanten – alle waren von Sägemehl bedeckt. Auf dem Boden des Hauses häuften sich Staub und Säge-

mehl. Die Laterne war noch einmal aufgeflackert und dann erloschen, und wo die dunkle Kammer war, dort, woher Vater sich voranwühlte, glühten im Dunklen zwei graue Augen.
Kurz darauf begann die schwarze Katze im ganzen Haus herumzustreunen. Neben dem Weinen von Mutter und Vaters Schwester hob auch sie bisweilen an zu klagen.

Der Waran

Dieser Vorfall hat mit Vater zu tun. Mit meinem Traum. Und auch mit der Stadt. Einer angeborenen Angst vor der Stadt, auch mit der.
Vater war damals fünfundfünfzig geworden. Ein schmächtiger Körper. Das Haar weiß wie Maisschale. Als wenn er Baumwolle auf dem Kopf hätte. Er dachte viel nach und redete sehr wenig. Wenn er einmal redete, atmeten wir erleichtert auf. Gleichzeitig fürchteten wir ihn. Für uns Kinder war er ein riesiges Geheimnis. Uns war bekannt, daß er eine Schatzkiste besaß, in der alles Wissen der Welt war. Wir wußten, daß er alle Sprachen der Welt sprechen konnte. Daß die Welt ihn kannte und ganz wie wir fürchtete und zugleich verehrte.
Wir waren stolz darauf, seine Kinder zu sein.
Manchmal – aber das geschah eigentlich nur ein-, zweimal in all den Jahren – ging er abends mit uns spazieren. Ehe wir losgingen, füllte er sich den Mund mit Tabak. Wegen des Tabaks konnte er nicht sprechen. Er schwieg. Dieses Schweigen erschien uns überaus ernst, erhaben, erstaunlich und gewichtig. Wenn die kleine Schwester ihn unterwegs einmal etwas fragen wollte, versuchte ich schnell, ihr zu antworten, damit Vater nicht sprechen mußte.
Eigentlich war dieses Vorhaben ziemlich schwierig und riskant. Denn ich wußte, daß, wenn meine Antwort falsch war, Vater sprechen müßte. Das Sprechen machte ihm Schwierigkeiten. Einmal mußte er den Tabak ausspucken, und dann mußte er die Welt, in der er sich gerade befand, verlassen und, um bis zu uns zu gelangen, ein schwieriges Stück Weg zurücklegen. An sich hatte die Schwester nichts Besonderes zu fragen. So wollte sie wissen, wie man den Vogel nennt, der vor uns auf dem trockenen Zweig des Dhakbaumes saß. Ich kannte alle Vögel und konnte ihr also sagen, daß es ein Eichelhäher war und man ihn am Dassehratag bestimmt sehen sollte. Ich tat alles, damit man Vater in Ruhe ließ und er weiter nachdenken konnte.
Ich und Mutter, wir beide taten alles dafür, daß Vater in seiner Welt zufrieden und ungestört blieb. Daß niemand ihn zwang, sie zu verlassen. Diese Welt war für uns überaus geheimnisvoll, aber Vater löste

viele Probleme unseres Hauses und unseres Lebens, während er in ihr weilte. So hatten wir, als die Frage nach meinem Schulgeld aufkam, kein einziges Wasserglas mehr, und alle tranken ihr Wasser aus einem Messingtöpfchen. Vater schwieg zwei Tage lang. Auch Mutter fragte sich, ob Vater die Sache mit dem Schulgeld völlig vergessen haben oder in dieser Angelegenheit vielleicht nichts tun könnte. Aber am dritten Tag, in aller Frühe, gab mir Vater einen Brief im Umschlag und schickte mich damit in die Stadt zu Dr. Pant. Ich war überrascht, als der Doktor mir Sorbet zu trinken gab, mich ins Haus mitnahm, seinem Sohn vorstellte und mir drei Hundertrupienscheine überreichte.

Wir waren stolz auf Vater, liebten ihn, fürchteten ihn, und seine Gegenwart gab uns das Gefühl, in einer Festung zu leben. Einer Festung, umgeben von tiefen Gräben, mit hohen Türmen und Mauern aus harten roten Felsen, die für jeden Angriff von außen uneinnehmbar war.

Vater war eine überaus starke Festung. Auf seinen Wällen vergaßen wir alles und spielten und rannten herum. Und nachts versank ich in einen tiefen Schlaf.

Aber eines Tages, als Vater gegen Abend von seinem Spaziergang heimkam, war sein Knöchel verbunden. Es dauerte nicht lange, da hatten sich einige Leute aus dem Dorf eingefunden. Wir erfuhren, daß Vater im Dschungel von einem Waran gebissen worden war.

Wir alle wußten, daß der Mensch den Biß eines Warans nicht überleben kann. Nachts, im schmutzigtrüben Licht einer Laterne, hatte sich eine Menge Leute aus dem Dorf in unserem Hof versammelt. Mitten unter ihnen saß Vater auf dem Boden. Dann kam auch Chutua, der Barbier aus dem Nachbardorf. Er behandelte solche Bisse mit Rizinusblättern und der Asche von Kuhmist.

Einmal hatte ich einen Waran gesehen.

Am Rand des Teiches waren Haufen riesiger Felsen, die zur Mittagszeit ordentlich heiß wurden. Dort kam er aus einer Felsspalte hervor und bewegte sich zum Teich hin, um Wasser zu trinken.

Zusammen mit mir war Thanu. Er erklärte, dies sei eine Echse, die hundertmal giftiger ist als eine Kobra. Er sagte auch, daß eine Schlange nur dann zubeiße, wenn man auf sie tritt oder sie bedrängt.

Der Waran dagegen greift beim bloßen Anblick an. Verfolgt einen. Um sich vor ihm zu retten, sollte man nie geradeaus rennen, sondern im Zickzack, im Kreis, Haken schlagend.

In Wirklichkeit hinterläßt der Mensch, wenn er wegrennt, auf dem Boden nicht nur seine Fußspuren, sondern mit ihnen auch seinen Geruch im Staub. Der Waran läuft diesem Geruch hinterher. Thanu erklärte, daß der Mensch, um den Waran zu täuschen, zunächst so schnell er kann ein Stück mit kurzen Schritten laufen und dann vier-, fünfmal so weit wie möglich springen sollte. Der Waran wird dann, der Witterung folgend, gelaufen kommen. Wo die Fußspuren eng beieinander liegen, wird er sein Tempo beschleunigen und, wenn er den Punkt erreicht, von dem aus der Mensch gesprungen ist, in Verwirrung geraten. Er wird dann so lange hin- und herlaufen, bis er den nächsten Fußabdruck und den davon ausgehenden Geruch wahrnimmt.

Wir wußten noch zwei Dinge über den Waran. Zum einen, daß, wenn er den Menschen beißt, er davonrennt und irgendwo Wasser läßt und sich darin wälzt. Hat der Waran das erst einmal getan, ist der Mensch nicht zu retten. Wenn er sich retten will, muß er, ehe der Waran sich in seinem Wasser wälzt, selbst in einen Fluß, Brunnen oder Teich eintauchen oder ihn rechtzeitig töten.

Zum zweiten wußten wir, daß der Waran dann angreift, wenn der Blick auf ihn fällt. Wenn man einen Waran sieht, darf man ihm nie in die Augen schauen. Sobald das geschieht, erkennt er den Geruch des Menschen und nimmt die Verfolgung auf. Dann mag der Mensch den ganzen Erdball umkreisen, der Waran bleibt ihm auf den Fersen.

Auch ich hatte damals wie alle anderen Kinder große Angst vor dem Waran. In meinen Albträumen waren zwei Figuren die bedrohlichsten: erstens ein Elefant und zweitens ein Waran. Aber während der Elefant lief, bis er müde war, und ich mich auf einen Baum rettete oder in die Lüfte erhob, war ich beim Anblick des Warans wie gebannt. Wenn ich im Traum irgendwohin unterwegs war, stieß ich plötzlich auf ihn, und das konnte überall passieren. Er mußte nicht unbedingt in einer Felsspalte, hinter einem alten Gebäude, bei einem Gebüsch auftauchen – es konnte auch im Basar, im Kino, in einem Laden, sogar in meinem eigenen Zimmer sein, daß er sich mir zeigte.

Im Traum versuchte ich, seinem Blick auszuweichen, aber die Augen, mit denen er mich ansah, kamen mir so bekannt vor, daß ich mich nicht beherrschen konnte und unsere Augen aufeinandertrafen – und schon verwandelte sich sein Blick. Er griff an, und ich floh.
Ich rannte im Kreis, machte, so schnell ich konnte, kleine Schritte und setzte plötzlich zu langen Sprüngen an, versuchte zu fliegen, kletterte auf eine Anhöhe, aber er ließ sich von meinen zahllosen Versuchen nicht täuschen. Er kam mir äußerst durchtrieben, verständig, schlau und gefährlich vor. Ich hatte das Gefühl, daß er mich ganz und gar durchschaute. Aus der Art, wie seine Augen aufleuchteten, wenn er mich erkannte, schloß ich, daß er für mich ein Feind war, der über jeden Gedanken, der mir in den Kopf kam, Bescheid wußte.
Dies war mein schrecklichster, qualvollster, furchterregendster und beunruhigendster Traum. Ich floh, und mein ganzer Körper erschlaffte, ich geriet außer Atem, schweißnaß fing ich an zu keuchen, und ein furchtbarer, lähmender Tod schien mir bevorzustehen. Ich schrie nach Leibeskräften, begann zu weinen. Ich rief nach Vater, Thanu oder Mutter, und dann erfuhr ich, daß es nur ein Traum war. Aber trotz dieser Erkenntnis wußte ich sehr wohl, daß ich auch dann nicht diesem Tod entgehen kann. Nein, nicht einfach dem Tod – dem Mord durch den Waran, und so versuchte ich schon im Traum, irgendwie aufzuwachen. Mit aller Kraft riß ich im Traum die Augen auf, versuchte Licht zu sehen und redete laut. Ein paarmal gelang es mir auch, rechtzeitig aufzuwachen.
Mutter behauptet, ich hätte die Angewohnheit, im Traum zu reden oder zu schreien. Einige Male hatte sie auch gesehen, wie ich im Schlaf weinte. Eigentlich hätte sie mich da aufwecken sollen, doch sie streichelte mir die Stirn, zog die Bettdecke über mich und ließ mich in jener schrecklichen Welt allein. Fliehend, rennend, schreiend bei meinem kläglichen Versuch, mich vor meinem Tod – nein, meiner Ermordung zu retten.
An sich hatte mich allmählich die Erfahrung gelehrt, daß bei solcher Gelegenheit allein der Lärm meine stärkste Waffe war, um mich vor dem Waran zu retten. Aber unglücklicherweise fiel mir diese Waffe jedesmal im allerletzten Augenblick ein. Und zwar dann, wenn er im Begriff war, mich zu fassen. Ich spürte schon den Hauch meines

gewaltsamen Todes; erfüllt vom Todesrausch, umgab mich eine leblose, aber beängstigende Dunkelheit; ich meinte, es sei kein fester Boden unter meinen Füßen, ich schwebte in der Luft, und es komme der Augenblick, in dem mein Leben zu Ende ging. Erst dann, genau in diesem einen kurzen, kritischen Augenblick fiel mir meine Waffe ein, und ich fing an, mit voller Lautstärke zu sprechen, und mit Hilfe dieses Lärms entrann ich dem Traum. Ich erwachte.
Ein paarmal fragte mich Mutter auch, was mit mir los sei. Dann fehlten mir die Worte, ihr alles auf diese Weise im einzelnen zu erklären. Dieses Unvermögens war ich mir wohl bewußt, und dies war der Grund, aus dem ich von einer seltsamen Spannung, Unruhe und Hilflosigkeit erfüllt war. Schließlich gab ich es auf und brachte nur soviel über die Lippen, daß es „ein schrecklicher Traum" war.
Wer weiß, warum ich bezweifelte, daß der Waran, der Vater gebissen hatte, derselbe war, den ich kannte und der mir in meinem Traum erschien.
Aber gut war, daß Vater den Waran gleich, nachdem der ihn gebissen und die Flucht ergriffen hatte, verfolgt und getötet hatte. Keine Frage, daß der Waran, wenn es Vater nicht gelungen wäre, ihn sofort zu töten, Wasser gelassen und sich darin gewälzt hätte. Dann hätte Vater unter keinen Umständen überlebt. Aus diesem Grunde hatte ich mir um Vater nicht so viel Sorgen gemacht. Ja, in mir entwickelte sich allmählich eine Art Erleichterung und ein Glücksgefühl der Freiheit. Das lag erstens daran, daß Vater den Waran auf der Stelle getötet hatte, und zweitens war mein gefährlichster, altbekannter Feind endlich tot. Man hatte ihn umgebracht, und jetzt konnte ich in meinem Traum wo auch immer, ohne jegliche Angst, vor mich hin pfeifend herumspazieren.
In jener Nacht hielt sich lange Zeit eine Menschenmenge in unserem Hof auf. Die Beschwörung von Vaters Bißwunde war im Gange. Sie wurde auch aufgeschnitten und Blut abgelassen und ein rotes Pulver (übermangansaures Kalium), das man sonst in den Brunnen schüttet, in die Wunde getan. Ich machte mir keine Gedanken.
Am nächsten Morgen mußte Vater in die Stadt zu einer Gerichtsverhandlung. Er hatte eine Vorladung. Etwa zwei Kilometer entfernt führte eine Straße an unserem Dorf vorbei, auf der Busse in die Stadt

verkehrten. Es waren höchstens zwei bis drei pro Tag. Glücklicherweise kam gerade, als Vater die Straße erreichte, ein Traktor aus dem Nachbardorf vorbei, der in die Stadt fuhr. Die Leute, die auf dem Traktor saßen, waren Bekannte. Der Traktor brauchte zwei bis zweieinhalb Stunden bis zur Stadt. Er würde also lange genug vor der Eröffnung der Verhandlung ankommen.

Unterwegs sprach man über den Waran. Vater zeigte den Leuten seinen Knöchel. Auf dem Traktor saß auch Pandit Ram Autar. Er erklärte, eine Besonderheit des Warangiftes sei auch, daß es manchmal nach vierundzwanzig Stunden, genau zu dem Zeitpunkt, an dem am Tag zuvor der Waran zugebissen hatte, seine Wirkung zeigt. Deshalb sollte Vater weiter auf der Hut sein. Die Leute auf dem Traktor machten Vater auf einen weiteren schweren Fehler aufmerksam. Sie stellten fest, daß Vater zwar richtig gehandelt habe, indem er den Waran auf der Stelle getötet hatte, aber er hätte ihn danach nicht einfach liegen lassen, sondern ganz gewiß wenigstens noch verbrennen sollen.

Die Leute behaupteten, daß viele Lebewesen in einer Mondnacht wieder lebendig würden. Der Tau und die Kälte, die im Mondlicht entstehen, enthielten einen Lebenssaft, und mehrmals habe man beobachtet, wie der Körper einer Schlange, die man für tot hält und nachts einfach wegwirft, in der Kälte des Mondlichts, vom Tau befeuchtet, wieder lebendig wird und sie entflieht. Dann wartet sie für immer auf eine Gelegenheit, Rache zu üben.

Die Leute auf dem Traktor befürchteten, daß nachts womöglich der Waran, wieder lebendig geworden, Wasser lassen und sich darin wälzen könnte. Wenn das einträfe, dann würde nach vierundzwanzig Stunden, genau wenn es an der Zeit war, das tödliche Gift in Vater zu wirken beginnen. Die Leute rieten Vater auch, er sollte sofort umkehren, und wenn der tote Waran zufällig noch an derselben Stelle läge, sollte er ihn sorgfältig einäschern. Aber Vater erklärte ihnen, wie wichtig sein Erscheinen vor Gericht sei. Dies war die dritte Vorladung, und wenn er sie auch dieses Mal nicht befolge, sei zu befürchten, daß ein Haftbefehl ohne Kautionsmöglichkeit erlassen würde. Auch betraf die Vorladung das Haus, in dem unsere Familie wohnte. Dem Anwalt war man außerdem das Honorar für die letzten beiden Vorladungen schuldig geblieben, und wenn er sich womöglich keine Mühe gäbe, könnte der Richter die Geduld verlieren und die Beschlagnahme anordnen.

Das Besondere an der Situation war, daß, wenn Vater, um den toten Waran zu verbrennen, vom Traktor gestiegen und sofort ins Dorf zurückgekommen wäre, er auf Grund des kautionslosen Haftbefehls verhaftet worden wäre und wir unser Haus losgeworden wären. Das Gericht hätte gegen uns entschieden.

Aber Pandit Ram Autar war auch ayurvedischer Arzt. Außer in der Astrologie kannte er sich auch sehr gut in Heilkräutern aus. Er wies darauf hin, daß es ein Verfahren gebe, nach dem Vater sowohl der Vorladung folgen als auch nach vierundzwanzig Stunden vor dem Warangift gerettet werden könnte. Er erklärte, die Quintessenz der Heilkunst des großen Charak stecke in dem Lehrsatz, daß Gift das einzige Mittel gegen Gift sei. Wenn irgendwo Stechapfelkerne aufzutreiben wären, könnte er die Wunde behandeln, die das Warangift verursacht hatte.

In Samatpur, dem nächsten Dorf, hielt man den Traktor an, und im Feld eines Ölhändlers fand man endlich Stechapfelpflanzen. Die Kerne wurden gemahlen und zusammen mit einer alten Kupfermünze abgekocht und so ein Sud zubereitet. Der Sud war zu bitter, deshalb goß man ihn in Tee und gab diesen Vater zu trinken. Danach fühlten sich alle erleichtert. Man hatte sein Möglichstes getan, um Vater vor einer großen Gefahr zu bewahren.

Übrigens war da noch ein Drittes, das ich über den Waran wußte. Es fiel mir ein paar Stunden, nachdem Vater gegangen war, plötzlich ein und hing mit der Schlangengeschichte zusammen, derzufolge später der Fotoapparat erfunden wurde.

Man glaubte nämlich, daß, wenn jemand eine Schlange tötet, diese Schlange, ehe sie stirbt, das Gesicht ihres Mörders ein letztes Mal in vollem Umfang und mit großer Intensität fixiert. Während der Mensch dabei ist, sie zu töten, starrt die Schlange ihn an und hält dabei jede Einzelheit seines Gesichts auf einer Scheibe im Innern ihres Auges fest. Nach dem Tod der Schlange prägt sich das Bild des Menschen klar auf dieser Scheibe ein.

Später, wenn der Mensch gegangen ist, kommt der Gefährte der toten Schlange, blickt ins Innere ihres Auges und erkennt so den Mörder. Alle Schlangen lernen ihn kennen. Wohin er dann auch geht, warten sie auf eine Gelegenheit, sich an ihm zu rächen. Jede Schlange ist nun sein Feind.
Ich befürchtete, daß Vaters Gesicht auf der Scheibe im Innern des Auges des Warans abgebildet war. Irgendein anderer Waran würde dann kommen und aus dem Auge des Toten blicken, und Vater würde so identifiziert werden. Dieser Gedanke beunruhigte mich, und ich fragte mich, warum Vater das nicht bedacht hatte. Er hätte, als er den Waran tötete, auf der Stelle dessen beide Augen mit einem Stein zerquetschen sollen. Aber was war jetzt zu tun? Vater war in der Stadt, und ich stand vor der komplizierten Aufgabe, in dem ausgedehnten Wald, der sich beim Dorf hinzog, die Stelle zu finden, an der er den Waran getötet und liegengelassen hatte.
Ich nahm eine Flasche mit Petroleum, Streichhölzer und einen Stock, und zusammen mit Thanu durchsuchte ich den Wald nach dem Waran. Den kannte ich gut. Sehr gut. Thanu dagegen machte sich keine Hoffnung.
Dann kam es mir mit einem Mal vor, als fände ich mich in diesem Wald gut zurecht. Jeden einzelnen Baum erkannte ich wieder. Von hier aus war ich im Traum ein paar Mal vor dem Waran geflohen. Ich sah mich sorgfältig um – genau diese Stelle war es. Ich sagte Thanu, wie weit von hier ein schmaler Graben nach Süden fließt. Wo oberhalb des Grabens riesige Felsen sind, steht eine uralte Akazie, auf der gewaltige Honigwaben sind. Bei ihrem Anblick meint man, sie müßten ein paar Jahrhunderte alt sein. Ich kannte den braunen Felsen, der die Regenzeit über halb ins Wasser des Grabens getaucht war; und wenn er, nachdem der Regen aufgehört hatte, wieder auftauchte, hatte sich in seinen Rissen Schlamm festgesetzt, aus dem die eigenartigsten Pflanzen wuchsen. Oben auf dem Felsen bildete sich eine Art grüner Moosschicht. In der obersten Spalte des Felsens wohnte der Waran. Thanu hielt das für meine Einbildung.
Aber sehr bald trafen wir auf den Graben. Auch auf die alte Akazie mit den Honigwaben und auf den Felsen. Der tote Waran lag etwas abseits vom Felsen rücklings auf dem Grasboden. Es war genau

derselbe Waran. Mich durchlief ein Gefühl von Gewaltsamkeit, Erregung und Freude.

Thanu und ich trugen einen Haufen trockener Blätter und Zweige zusammen, gossen ordentlich Petroleum darüber und zündeten ihn an. Darin brannte der Waran. Der Geruch nach Verbranntem verbreitete sich in der Luft. Ich war drauf und dran zu schreien, aber ich fürchtete, ich könnte womöglich aufwachen und alles sich als Traum herausstellen. Ich blickte zu Thanu hinüber. Er weinte. Er war mein bester Freund.

In meinem Traum war der Waran ein paar Mal hier herausgekommen, um mich zu verfolgen. Erstaunlich, daß ich, obwohl ich seit so langer Zeit sein Schlupfloch so gut kannte, nie bei Tag hergekommen war und versucht hatte, ihn zu töten.

Heute war ich überglücklich.

Pandit Ram Autar hatte berichtet, daß der Traktor gegen dreiviertel zehn die Zollschranke der Stadt passiert habe. Dort habe man auch eine Weile warten müssen, um die Zollgebühr zu entrichten. Vater war dort vom Traktor gestiegen und Wasser lassen gegangen. Als er zurückkam, habe er gesagt, daß sein Kopf sich zu drehen schien. Bis zu diesem Zeitpunkt seien, seit Vater den Stechapfelsud getrunken hatte, ungefähr einundhalb Stunden vergangen gewesen. Der Traktor habe Vater in der Stadt etwa fünf bis sieben nach zehn zurückgelassen. Der auf dem Traktor sitzende Schulmeister Nandlal aus dem Dorf Palra sagte, Vater habe, als er in der Stadt an der Kreuzung bei den Minerva Talkies vom Traktor gelassen wurde, sich beklagt, daß seine Kehle irgendwie trocken sei. Er sei auch ein bißchen besorgt, weil er den Weg zum Gericht nicht kenne und es beschwerlich finde, sich bei den Leuten in der Stadt durchzufragen.

Eine weitere Schwierigkeit für Vater war, daß er sich zwar die Wege im Dorf oder im Wald merkte, die Straßen in der Stadt aber vergaß. In die Stadt kam er überhaupt sehr wenig. Wenn er unbedingt hin mußte, schob er das bis zum Schluß auf, und zwar so lange, bis es völlig überflüssig wurde. Ein paar Mal lief es auch so ab, daß Vater mit seinem ganzen Gepäck zur Stadt aufbrach und an der Bushaltestelle kehrt machte. Mit der Ausrede, daß der Bus abgefahren war. Dabei war uns allen klar, daß es so nicht abgelaufen sein konnte. Vater wird den Bus gesehen und sich dann irgendwo hingehockt haben – um Wasser zu lassen oder Betel zu kauen. Dann wird er zugesehen haben, wie der Bus abfuhr. Er wird noch ein bißchen abgewartet haben. Als der Bus dann schneller wurde, wird er noch ein Stück hinterher gerannt sein. Dann werden sich seine Schritte verlangsamt haben, und er wird mit dem Ausdruck des Bedauerns oder der Wut umgekehrt sein. Bei diesem Verfahren wird er am Ende selbst geglaubt haben, den Bus verpaßt zu haben. Während wir also annahmen, er sei längst in der Stadt, war er zu unserer Überraschung plötzlich wieder da.

Was Vater, nachdem er um etwa zehn Uhr sieben an der Kreuzung bei den Minerva Talkies genau vor der Sindh Watch Company vom Traktor gestiegen war, bis abends um sechs in der Stadt alles zustieß, läßt sich nur vage vermuten. Auch was bekannt ist, hat man nur aus Gesprächen mit einigen Leuten und deren Auskünften erfahren. Nach irgendjemandes Tod, vor allem wenn er völlig unerwartet und unnatürlich war, erhält man nur solche Informationen: Wo Vater an jenem Tag, am Mittwoch, dem 17. Mai 1972, von morgens zehn Uhr zehn bis sechs Uhr abends – also in ungefähr sieben dreiviertel Stunden – überall hinging, wo was alles ihm zustieß, darüber sehr genaue und ausführliche Einzelheiten zu erfahren, ist schwierig. Auf Grund späterer Angaben oder Informationen kann man über diese Vorfälle nur Vermutungen anstellen.

Nach den Angaben des Schulmeisters Nandlal aus dem Dorf Palra hatte Vater, als er vom Traktor stieg, über eine trockene Kehle geklagt. Vorher noch hatte Vater bei der Zollschranke, als er vom Wasserlassen zurückkam, erwähnt, daß ihm schwindlig sei. Das heißt, daß auf Vater der Sud aus Stechapfelkernen zu wirken begonnen hatte. In der Tat waren bis zur Ankunft in der Stadt ungefähr zwei Stunden verstrichen, seit Vater den Sud getrunken hatte. Ich nehme an, daß Vater zu diesem Zeitpunkt großen Durst gehabt haben wird. Um sich die Kehle anzufeuchten, wird er wohl auch ein Restaurant oder ein Eßlokal angesteuert haben, aber nach allem, was ich über seinen Charakter weiß, wird er dort eine Weile herumgestanden, sich aber nicht getraut haben, nach einem Glas Wasser zu fragen. Er hatte auch einmal erzählt, wie ihn ein paar Jahre zuvor, im Sommer, als er in einem Restaurant um Wasser bat, der dort arbeitende Angestellte

beschimpft hatte. Vater war sehr empfindlich, er wird also seinen Durst unterdrückt und sich von dort entfernt haben.
Wo Vater von viertel elf bis etwa elf Uhr, also fünfundvierzig Minuten lang, überall hinging, ist nirgendwoher zu erfahren. In diesem Zeitraum ereignete sich auch nichts Besonderes, worüber jemand etwas sagen könnte. Es ist auch schwierig festzustellen, ob zu der Zeit unter den Straßenpassanten in der Stadt jemand war, der ihn beachtet, ihn beobachtet haben könnte. Was mich betrifft, so vermute ich, daß Vater in der Zwischenzeit sich bei ein paar Leuten nach dem Weg zum Gericht erkundigt und sich dabei vorgenommen haben wird, S. N. Agrawal, seinen Anwalt, sobald er dort angekommen war, um Wasser zu bitten. Aber auf seine Fragen werden die Leute entweder geschwiegen haben und weitergeeilt sein, oder jemand wird ihm etwas so unwirsch und hastig erklärt haben, daß Vater es nicht richtig verstehen konnte und beleidigt, traurig und verstört zurückblieb. So geht es nun einmal in der Stadt zu.
An sich nehme ich, was die Zwischenzeit von dreiviertel Stunden betrifft, an, daß inzwischen die Wirkung des Suds auf Vater ziemlich zugenommen haben wird. Die Maisonne und der Durst werden diese Wirkung noch verschärft und verstärkt haben. Er wird auch angefangen haben zu taumeln, und es ist gut möglich, daß ihm dabei ein-, zweimal schwindlig geworden sein wird.
In der Stadt betrat Vater um elf Uhr das im Deshbandhu Marg gelegene Gebäude der State Bank of India. Warum er dorthin ging, ist nicht ganz klar. Möglicherweise, weil Ramesh Datt aus unserem Dorf Angestellter bei der Landwirtschaftlichen Genossenschaftsbank in der Stadt ist. Kann sein, daß Vater nur das Wort Bank im Kopf hatte, und, als er dort vorbeiging, plötzlich STATE BANK las und sich dorthin wandte. Er hatte bis dahin kein Wasser getrunken und wird sich deshalb gedacht haben, er könnte Ramesh Datt um Wasser bitten, ihn nach dem Weg zum Gericht fragen und ihm mitteilen, daß ihm schwindlig ist, auch daß ihn gestern abend ein Waran gebissen hatte. Der Kassierer der State Bank namens Agnihotri gab an, gerade bei der Überprüfung der Bargeldregistration gewesen zu sein. Auf seinem Tisch stapelten sich Geldscheine im Gesamtwert von etwa achtundzwanzigtausend Rupien. Es wird zwei, drei Minuten nach elf gewesen

sein, als Vater eintraf. Sein Gesicht war verstaubt, es sah bedrohlich aus, und mit einem Mal hatte er mit lauter Stimme etwas gesagt. Agnihotri erklärte, plötzlich sei ihm angst und bange geworden. In der Regel dringen solche Leute nicht so tief ins Innere der Bank, bis zum Tisch des Kassierers vor. Agnihotri behauptete auch, daß, hätte er Vater ein, zwei Minuten früher auf sich zukommen sehen, er wahrscheinlich keine Angst bekommen hätte. Aber so war er ganz in das Bargeldregister vertieft, und als dann Vater plötzlich seine Stimme erhob und er zu ihm aufblickte, habe er es mit der Angst zu tun bekommen und losgeschrien. Er läutete auch die Glocke.
Nach Aussagen der Bürodiener, zweier Wachmänner und anderer Angestellter seien sie alle durch den Schrei des Kassierers und das Läuten der Glocke aufgeschreckt worden und hingerannt. Da hatte der nepalische Wachmann Thapa Vater schon gepackt und war dabei, ihn mit Schlägen zum Konferenzraum zu befördern. Ramkishor, ein etwa fünfundvierzigjähriger Bürodiener, sagte, er habe geglaubt, ein Betrunkener oder Verrückter sei ins Büro eingedrungen, und weil sein Arbeitsplatz am Haupteingang der Bank war, könnte der Filialleiter ihn verantwortlich machen wollen. Aber dann begann Vater, während er die Schläge einsteckte, englisch zu sprechen. Daraufhin wurden die Bürodiener immer unsicherer. Inzwischen meinte wohl der stellvertretende Filialleiter Mehta, man sollte diesen Mann gründlich durchsuchen und dann laufen lassen. Da bemerkte der Bürodiener Ramkishor, Vater sehe seltsam bedrohlich aus. Auf dem Gesicht hatte sich eine Staubschicht gebildet, und es roch nach Erbrochenem. Die Bürodiener der Bank weigerten sich, Vater noch mehr zu prügeln, aber Bunnu, der im Betelladen vor der Bank, gleich neben dem Eingang saß, behauptete, als Vater etwa um halb zwölf die Bank verließ, sei seine Kleidung zerfetzt gewesen, und ein Riß in der Unterlippe habe geblutet. Unter den Augen waren eine Schwellung und braune Flecken. Solche Flecken färben sich später violett oder blau.
Wo danach, also zwischen halb zwölf und ein Uhr, Vater überall hinging, ist nicht zu ermitteln. Doch: Bunnu in seinem Betelladen vor der State Bank hatte eine Aussage gemacht, obwohl er sich dabei nicht ganz klar ausdrückte, oder vielleicht vermied er es aus Angst vor den

Angestellten der State Bank, eindeutiger zu sein. Bunnu sagte, Vater könnte (er legte viel Nachdruck auf das Wort 'könnte'), nachdem er die State Bank verlassen hatte, behauptet haben, die Bürodiener der Bank hätten ihm sein Geld und seine Papiere abgenommen. Aber Bunnu fügte hinzu, Vater habe möglicherweise etwas anderes gesagt, denn er konnte nicht richtig sprechen, seine Unterlippe war ziemlich eingerissen, auch floß ihm Speichel aus dem Mund, und außerdem war er nicht ganz bei sich.

Ich selbst nehme an, daß bis zu diesem Zeitpunkt die Wirkung des Absuds auf Vater sich deutlich verstärkt hatte. Obwohl Pandit Ram Autar das verneint. Er behauptete, Stechapfelkerne würden zur Holizeit auch zusammen mit Cannabis zerrieben, ohne daß es je vorkommt, daß ein Mensch davon völlig verrückt wird. Er sei der Ansicht, daß entweder das Warangift in Vaters Körper zu steigen begonnen habe und nun der Rausch im Begriff sei, sein Gehirn zu erfassen. Oder es sei sehr wohl möglich, daß, als in der State Bank Thapa, der Wachmann, und die Bürodiener Vater verprügelt hatten, sie ihn am Hinterkopf verletzten und von diesem Schlag sein Gehirn in Mitleidenschaft gezogen worden sei. Aber mir scheint Vater bis zu diesem Zeitpunkt einigermaßen bei Sinnen gewesen zu sein und alles getan zu haben, um irgendwie aus der Stadt herauszukommen. Möglicherweise hat er, nachdem man ihm in der Bank das Geld und die Papiere für das Gericht abgenommen hatte, sich gedacht, es habe nun keinen Zweck mehr hierzubleiben. Vielleicht hat er auch ein-, zweimal erwogen, wieder zur State Bank zu gehen und wenigstens seine Papiere zurückzuverlangen. Doch dann wird ihm dazu der Mut gefehlt haben. Er wird es mit der Angst zu tun bekommen haben. Zum ersten Mal in seinem Leben war er derart geschlagen worden, deshalb wird er nicht in der Lage gewesen sein, einen richtigen Gedanken zu fassen. Sein Körper war abgemagert, und seit seiner Kindheit machte ihm sein Blinddarm zu schaffen. Es kann auch sein, daß der Absud inzwischen so stark auf ihn einwirkte, daß er sich nicht mehr längere Zeit auf einen Gedanken konzentrieren konnte und von Ideen, die von Sekunde zu Sekunde wie Bläschen in seinem Gehirn aufstiegen, oder von immer neuen Anstößen beherrscht war und sich mal hierhin, mal dorthin in Bewegung setzte. Aber ich weiß, ich spüre

deutlich, daß er einen Gedanken – einen hartnäckigen, immer wieder irgendwo aus dem Dunkeln auftauchenden, wenn auch ganz schwachen und undeutlichen Gedanken – bestimmt im Kopf behielt: heimzukehren und die Stadt zu verlassen.
Vater war ungefähr um viertel nach eins bei der Polizeiwache der Stadt angekommen. Sie liegt am Stadtrand neben der Siegessäule, die am Circuit House aufgerichtet ist. Verwunderlich ist, daß von der Wache kaum einen Kilometer entfernt auch das Gerichtsgebäude ist. Wenn Vater gewollt hätte, hätte er von hier in zehn Minuten zu Fuß das Gericht erreichen können. Mir ist nicht klar, ob Vater, wenn er bis hierher gekommen war, noch immer vorhatte, zum Gericht zu gehen. Schließlich hatte er seine Papiere nicht mehr bei sich.
Der Vorsteher der Wache, Raghvendra Pratap Singh, sagte aus, daß es inzwischen ein Uhr fünfzehn geworden war. Er sei gerade dabei gewesen, die Lunchbüchse, die er von Zuhause mitgebracht hatte, zu öffnen und sich aufs Essen vorzubereiten. Heute gab es Parathafladen mit Karelas. Die bitteren Karelas mochte er nicht, und so war er am Überlegen, was zu tun war. In dieser Situation war Vater aufgetaucht. Er hatte kein Hemd am Leibe, die Hose war zerrissen. Er schien irgendwo hingestürzt zu sein, oder irgendein Fahrzeug hatte ihn angefahren. In der Polizeiwache war zu dieser Zeit ein einziger Beamter, Gajadhar Prasad Sharma, anwesend. Der sagte aus, er habe geglaubt, daß ein Bettler in die Wache eingedrungen sei. Er rief ihn auch an, aber inzwischen hatte Vater den Tisch des Vorstehers Raghwendra Pratap Singh erreicht. Der Vorsteher erklärte, daß er wegen der Karelas sowieso schlechtgelaunt gewesen sei. Trotz eines dreizehnjährigen Ehelebens hatte seine Frau noch immer nicht gelernt, was alles er nicht mag, so sehr nicht mag, daß es ihm zuwider ist. Als er sich gerade einen Bissen in den Mund schob, rückte ihm Vater auf den Leib. Unter Vaters Gesicht und auf den Schultern klebte Erbrochenes, und davon ging ein scharfer Geruch aus. Als der Vorsteher fragte, was los sei, antwortete Vater etwas, das kaum verständlich war. Später bedauerte der Vorsteher, daß, wenn er gewußt hätte, es handle sich bei diesem Menschen um den Dorfältesten und ehemaligen Lehrer von Bakeli, er ihn wenigstens ein paar Stunden in der Wache sitzen lassen hätte. Ihm nicht erlaubt hätte zu gehen. Aber

54

zu der Zeit glaubte er, es mit einem Verrückten zu tun zu haben, der ihn beim Essen beobachtet hatte und bis zu ihm vorgedrungen war. Deshalb habe er den Polizeibeamten Gajadhar Sharma angeschnauzt. Der Beamte zerrte Vater hinaus. Gajadhar Sharma erklärte, er habe Vater nicht geschlagen und bei dessen Erscheinen in der Wache gesehen, daß seine Unterlippe aufgerissen war. Am Kinn waren Schrammen, die er sich geholt haben mußte, als ihn jemand umstieß, und die Ellbogen waren zerkratzt. Ganz bestimmt war er irgendwo hingefallen.

Niemand weiß, wo überall Vater etwa anderthalb Stunden lang herumirrte, nachdem er die Polizeiwache verlassen hatte. Ob er, seit er vormittags um zehn Uhr sieben, als er in der Stadt angekommen und an der Kreuzung bei den Minerva Talkies vom Traktor gestiegen war, irgendwo Wasser getrunken hatte, ist schwierig festzustellen. Es ist eher unwahrscheinlich. Vielleicht war er inzwischen nicht mehr in der Lage, auch an den Durst zu denken. Aber wenn er die Polizeiwache ansteuerte, dann müßte er, trotz seines Rausches, ganz schwach, tief im Dunkeln, den Gedanken im Kopf gehabt haben, dort zu fragen, wie er irgendwie zurück in sein Dorf kommen oder wo jener Traktor zu finden sein könnte, oder auch über den Verlust seines Geldes und der Gerichtspapiere ein Protokoll anfertigen zu lassen. Es ist zutiefst beunruhigend, sich auch nur annähernd vorzustellen, daß Vater zu der Zeit nicht nur gegen das Warangift und den Stechapfelrausch ankämpfte, sondern daß auch noch die Sorge um die Erhaltung unseres Hauses wieder und wieder seinen Rausch unterbrach. Vielleicht wird es ihm inzwischen vorgekommen sein, als sei alles, was da geschieht, nur ein Traum. Vater wird auch immer wieder versucht haben, aus diesem Traum zu erwachen und ihn hinter sich zu lassen.

Gegen viertel nach zwei war Vater gesehen worden, wie er sich in die Itwari Colony schleppte. Die Itwari Colony war das im äußersten Norden gelegene wohlhabendste Viertel der Stadt, in dem Juwelenhändler, für die Abteilung für öffentliche Bauten tätige Großunternehmer und pensionierte Beamte lebten. Auch ein paar gutsituierte Journalisten und Poeten wohnten dort. Dieses Viertel blieb immer ruhig und ohne Zwischenfälle. Die Leute, die Vater hier gesehen hatten, sagten aus, daß er inzwischen nur noch eine Unterhose anhatte, deren Band wahrscheinlich gerissen war, so daß er sie immer wieder mit der linken Hand hochziehen mußte. Jeder, der ihn dort sah, meinte, einen Verrückten vor sich zu haben. Einige erklärten, er sei mehrmals stehengeblieben und habe begonnen, laute Beschimpfungen auszustoßen. Später behaupteten Soni Sahab, ein pensionierter Steuereinnehmer, und Satyendra Thapliyal, Sonderkorrespondent der größten Zeitung der Stadt und Dichter, die beide in diesem Viertel wohnten, sie hätten Vaters Rede deutlich gehört, und er habe in Wirklichkeit keine Beschimpfungen ausgestoßen, sondern dauernd wiederholt: 'Ich bin Ramswarath Prasad, Ex-School-Headmaster... and Village Head... des Dorfes Bakeli!' Der dichtende Journalist Thapliyal Sahab drückte sein Bedauern aus. In Wirklichkeit war er gerade auf dem Weg nach Delhi, um dort in einer exklusiven Party in der amerikanischen Botschaft Musik zu hören; deshalb verschwand er eiligst. Der Steuereinnehmer Soni Sahab hingegen erklärte: „Mir tat dieser Mensch sehr leid, und ich habe die Jungen auch ausgeschimpft. Aber dann behaupteten ein paar von ihnen, dieser Mann sei drauf und dran gewesen, sich an der Frau und der Schwägerin des Juweliers Ramratan zu vergreifen." Der Steuereinnehmer sagte, nachdem er das gehört hatte, habe auch er geglaubt, das könnte womöglich ein Sittenstrolch sein, der den Leuten etwas vormacht: Während die Jungen damit beschäftigt waren, ihm das Leben schwerzumachen, rief Vater immer wieder laut: „Ich bin Ramswarath Prasad... Ex-School-Headmaster..."

Wenn man die Entfernung von der Kreuzung bei den Minerva Talkies, wo Vater vormittags um zehn Uhr sieben vom Traktor gestiegen war, über die State Bank im Deshbandhu Marg, dann weiter zur Polizeiwache an der Siegessäule und zur Itwari Colony im äußersten Norden der Stadt zusammenrechnet, dann hatte er bis jetzt gut dreißig Kilometer zurückgelegt. Diese Orte liegen nicht in einer Richtung. Das bedeutet, daß Vaters Geisteszustand derart war, daß er, ohne es sich richtig zu überlegen, spontan irgendeine beliebige Richtung einschlug. Was das Gerede von seinem Angriff auf die Frau und die Schwägerin des Juweliers betrifft, das Thapliyal Sahab für wahr hält, so nehme ich selbst an, daß Vater auf sie zugegangen sein wird, um um Wasser zu bitten oder nach dem Weg nach Bakeli zu fragen.

Für diesen einen Augenblick wird Vater bestimmt bei Bewußtsein gewesen sein. Aber als sie sahen, wie ein Mann mit diesem Äußeren ihnen so nahekam, werden die Frauen es mit der Angst zu tun bekommen und zu schreien angefangen haben. Übrigens hatte man ihm die Wunde an der rechten Augenbraue, von der inzwischen Blut über sein Auge floß, in der Itwari Colony zugefügt, denn später erklärten die Leute, die Jungen hätten ihn wiederholt mit Erdbrocken beworfen.

Der Ort, an dem Vater die meisten Verletzungen zugefügt wurden, ist von der Itwari Colony nicht sehr weit entfernt. Auf dem freien Platz vor einem billigen Eßlokal, das sich National Restaurant nannte, hatte man Vater umzingelt. Zu dem Haufen von Jungen aus der Itwari Colony, der hinter ihm herwar, waren ein paar ältere Jungen gestoßen. Der im National Restaurant beschäftigte Satte sagte aus, Vater habe den Fehler gemacht, einmal, als er in Wut geraten war, angefangen zu haben, auf die Menge mit Erdbrocken zu werfen. Möglicherweise hatte ein von ihm geworfener größerer Brocken den sieben-, achtjährigen Vicky Agrawal getroffen; die Wunde mußte später mit ein paar Stichen genäht werden. Satte meinte auch, darauf sei die Haltung der Menge äußerst bedrohlich geworden. Die randalierenden Jungen hätten Vater von allen Seiten mit Steinen beworfen. Der Besitzer des Lokals, Sardar Satnam Singh, erklärte, Vater habe zu der Zeit nur noch eine von einem Band zusammengehaltene Unterhose angehabt, man konnte an seinem mageren Körper die Knochen und die weißen Brusthaare sehen. Sein Unterleib war geschrumpft. Er war mit Staub und Erde beschmiert, die weißen Kopfhaare waren zerzaust, von oberhalb des rechten Auges und von der Unterlippe lief Blut. Satnam Singh, dem er leid tat, sagte mit Bedauern: „Ich hatte keine Ahnung, daß ich einen anständigen, ehrenwerten, angesehenen Menschen vor mir hatte, der durch einen Schicksalsschlag in diese Lage geraten war." Hari, der im Lokal das Geschirr reinigte, behauptete dagegen, Vater habe wiederholt gegen die Menge wüste Beschimpfungen ausgestoßen und angefangen, sie mit Steinen zu bewerfen – „Kommt nur, ihr Mistkerle... immer kommt... Einen nach dem andern bring ich euch um, ihr Saukerle... Eure Mutter sei..." Aber ich bezweifle, daß Vater

solche Beschimpfungen von sich gegeben haben wird. Jedenfalls hatten wir nie ein Schimpfwort von ihm gehört.
Ich kann aus voller Überzeugung sagen, denn ich kenne Vater sehr gut, daß es ihm bis zu diesem Zeitpunkt mehrere Male vorgekommen sein wird, als wäre, was ihm geschieht, nicht Wirklichkeit, sondern ein Traum. Alle diese Ereignisse werden Vater verworren, absurd und sinnlos erschienen sein. Er wird angefangen haben, dem Ganzen zu mißtrauen. Er wird sich gefragt haben, was das alles für ein Unsinn ist. Er ist überhaupt nicht aus dem Dorf in die Stadt gekommen, kein Waran hat ihn je gebissen. Ja, es gibt gar keinen Waran, das ist nur ein Hirngespinst und Aberglaube... und die Sache mit dem Trinken des Stechapfelsuds ist einfach lächerlich, zumal die Pflanze aus dem Feld eines Ölhändlers stammt. Er wird nachgedacht und sich gefragt haben, warum überhaupt ein Prozeß gegen ihn stattfinden sollte. Mußte er wirklich zum Gericht gehen?
Ich weiß, daß den Traum, den ich oft träumte und der lang wie ein Tunnel, faszinierend aber furchteinflößend war, auch Vater geträumt haben muß. Ich und er hatten vieles gemein. Ich glaube, Vater wird inzwischen fest davon überzeugt gewesen sein, daß alles, was da geschieht, trügerisch und unwirklich ist. Deshalb wird er immer wieder versucht haben, aus diesem Traum zu erwachen. Wenn er also zwischendurch anfing, mit voller Lautstärke zu reden oder vielleicht Beschimpfungen auszustoßen, dann in dem Bemühen, mit Hilfe dieses Lärms dem Albtraum zu entkommen. Nach den Aussagen der im National Restaurant Beschäftigten sowie des Besitzers Sardar Satnam Singh hatte man dort Vater viele Verletzungen zugefügt. Seine Schläfe, die Stirn, der Rücken und andere Körperteile waren mehrfach von Ziegelsteinen und Erdbrocken getroffen worden. Sanju, der zwanzig-, zweiundzwanzigjährige Sohn des Straßenbauunternehmers Arora, hatte ihn auch mehrmals mit einer Eisenstange geschlagen. Satte behauptete, an so vielen Verletzungen hätte jeder Mensch sterben können.
Ich fühle mich seltsam erleichtert und kann wieder aufatmen, wenn ich bedenke, daß Vater zu der Zeit keinen Schmerz mehr verspürt haben wird, denn er wird wohlüberlegt und allen Ernstes zu der Überzeugung gelangt sein, daß dies alles nur ein Traum ist und, sobald

er erwacht, alles gut werden wird. Wenn er die Augen aufschlägt, wird er Mutter den Hof fegen oder mich und die kleine Schwester unten auf dem Fußboden schlafen sehen... oder vielleicht einen Schwarm Sperlinge... Gut möglich, daß er zwischendurch über seinen sonderbaren Traum auch hat lachen müssen.

Wenn Vater auch selbst angefangen hat, in seiner Wut Erdbrocken auf die Jungen zu werfen, dann zuallererst deswegen, weil er sehr wohl wußte, daß diese Brocken nur im Traum geworfen und keinen verletzen würden. Es kann auch sein, daß er, wenn er mit aller Kraft einen Brocken warf, ungeduldig und unruhig darauf gewartet haben wird, daß er einen der Jungen am Kopf treffen und dieser zerspringen und so dieser Albtraum auf einen Schlag in alle Winde zerstreut würde, und dann würde das Licht der wirklichen Welt blitzartig den Raum erfüllen. Auch sein lautes Schreien hatte in Wahrheit nichts mit Wut zu tun, nein, er rief mir, der kleinen Schwester, der Mutter oder sonst jemandem zu, daß, wenn es ihm nicht gelänge, von selbst aus diesem Traum zu erwachen, einer kommen und ihn wecken solle.

Inzwischen ereignete sich etwas, das man nur als allergrößte Ironie des Schicksals bezeichnen kann. Pandit Kandhai Ram Tiwari, Vorsitzender unseres Dorfrates und Vaters Freund seit der Kindheit, fuhr gegen halb vier auf der Straße am National Restaurant vorbei. Er saß in einer Riksha. Er mußte an der nächsten Kreuzung einen Bus nehmen, der ihn zurück ins Dorf bringen sollte. Er sah die Menge, die sich vor dem Lokal versammelt hatte, und erfuhr auch, daß dort irgendwer verprügelt wird. Am liebsten wäre er auch hingegangen, um zu sehen, was eigentlich los ist. Er ließ sogar die Riksha anhalten. Aber auf seine Frage erklärte jemand, man habe einen pakistanischen Spion erwischt, der dabei war, Gift in den Wassertank zu schütten; er sei es, der da verprügelt wird. Genau zu dieser Zeit sah Pandit Kandhai Ram seinen Bus kommen und forderte den Rikshafahrer auf, schnell zur nächsten Kreuzung weiterzufahren. Es war der letzte Bus in sein Dorf. Wenn dieser Bus auch nur drei, vier Minuten Verspätung gehabt hätte, dann wäre er bestimmt hingegangen und hätte Vater gesehen und erkannt. Dieser Bus der staatlichen Transportgesellschaft verspätete sich regelmäßig um eine halbe bis drei-

viertel Stunde, aber an diesem Tag traf er zufällig genau zur rechten Zeit ein.
Satnam Singh sagte aus, daß dann die Menge vor dem National Restaurant sich entfernte und die Leute sich zerstreuten, während Vater sich lange Zeit nicht vom Boden erhob. Ein größerer Ziegelbrocken hatte ihn an der Schläfe getroffen. Blut hatte angefangen, ihm aus dem Mund zu laufen. Auch an seinem Kopf war er verletzt. Satnam erklärte, als Vater sich längere Zeit nicht regte, habe einer der Jungen gesagt: 'Der ist wohl tot.' Als Vater sich zehn, fünfzehn Minuten, nachdem die Menge sich aufgelöst hatte, immer noch nicht bewegte, hatte Satnam Singh Satte angewiesen, Vaters Gesicht mit Wasser zu bespritzen, um festzustellen, ob er vielleicht nur bewußtlos ist und wieder aufstehen könnte. Aber Satte hatte Angst vor der Polizei. Darauf hatte Satnam Singh selbst einen Eimer Wasser über Vater geschüttet. Weil er das aus einiger Entfernung tat, war die Erde naß geworden und klebte nun an Vaters Körper.
Sardar Satnam Singh und Satte sagten beide aus, daß Vater bis gegen fünf Uhr an derselben Stelle liegenblieb. Bis zu dieser Zeit war die Polizei noch nicht eingetroffen. Dann war Satnam Singh eingefallen, daß er womöglich in die Fertigung von Protokollen, Zeugenvernehmungen und dergleichen verwickelt werden könnte und hatte deshalb sein Lokal geschlossen und war in die Delite Talkies gegangen, um sich den Film 'Komm zu mir, Geliebter' anzusehen.
Es war ungefähr sechs Uhr geworden, als Vater den Kopf in die Werkstatt eines Schusters namens Ganeshwa steckte. Sie gehörte zu einer Reihe von Schusterläden, die sich auf dem Fußweg der durch die Civil Lines führenden Straße niedergelassen hatten. Inzwischen hatte er nicht einmal mehr die Unterhose an, wie ein Vierfüßler kroch er auf den Knien. Sein Körper war mit Ruß und Schlamm beschmiert und an vielen Stellen verletzt.
Der Schuster Ganeshwa wohnt in dem Viertel auf der gegenüberliegenden Seite unseres Dorfteiches. Er erklärte: „Ich fürchtete mich sehr und konnte Master Sahab nicht erkennen. Sein Gesicht machte einem Angst und war nicht wiederzuerkennen. Vor Angst rannte ich aus der Werkstatt und fing an zu schreien." Außer den übrigen Schustern waren auch ein paar andere Leute zusammengelaufen. Als

sie in Ganeshwas Werkstatt schauten, sahen sie Vater, wie er im innersten Winkel, mitten unter kaputten Schuhen, Leder- und Gummifetzen und Lappen hockte. Er atmete kaum merkbar. Man zerrte ihn von dort hinaus auf den Fußweg. Erst dann erkannte ihn Ganeshwa. Ganeshwa sagte, er habe Vater etwas ins Ohr gerufen, aber der habe nicht sprechen können. Erst nach längerer Zeit habe er so etwas wie 'Ram Swarath Prasad...' und 'Bakeli' von sich gegeben. Dann war er verstummt.
Vater starb gegen viertel nach sechs. Es war der 17. Mai 1972. Vierundzwanzig Stunden vorher, etwa um diese Zeit, hatte ihn im Wald ein Waran gebissen. Hatte Vater vierundzwanzig Stunden vorher diese Ereignisse und diesen Tod voraussehen können?
Die Polizei hatte Vaters Leichnam ins städtische Leichenschauhaus bringen lassen. Bei der Autopsie stellte man fest, daß seine Knochen an mehreren Stellen gebrochen waren, das rechte Auge war völlig zerquetscht, auch das Schlüsselbein war gebrochen. Sein Tod war durch Schock und starken Blutverlust herbeigeführt worden. Nach dem Bericht hatte er nichts im Magen, er war völlig leer. Daraus konnte man schließen, daß er den Sud aus Stechapfelkernen schon vorher erbrochen hatte.
Thanu indessen meint, es sei nun endgültig bewiesen, daß es vor dem Warangift keine Rettung gibt. Genau vierundzwanzig Stunden später wirkte sein Zauber, und Vater starb. Auch Pandit Ram Autar meint das. Es kann sein, daß Pandit Ram Autar das behauptet, um sich selbst zu überzeugen, daß der Stechapfelsud nichts mit Vaters Tod zu tun hat.
Ich glaube, versuche mir vorzustellen, daß am Ende, als Ganeshwa vor seiner Werkstatt Vater etwas ins Ohr rief, Vater aus seinem Traum erwacht sein wird. Er wird nach mir, der Mutter und der kleinen Schwester geschaut haben und mit dem Nimzweig zum Fluß gegangen sein, um sich die Zähne zu reinigen. Er wird sich mit dem kalten Flußwasser das Gesicht gewaschen und den Mund gespült und diesen langen Albtraum vergessen haben. Er wird daran gedacht haben, zum Gericht zu gehen. Die Sorge um unser Haus wird ihn beunruhigt haben.
Aber ich möchte von meinem eigenen Traum erzählen, den ich öfter träume. Und der geht so: Ich bin auf dem Dorfpfad, den Feldrain

entlang, in den Wald gekommen und sehe den schmalen Graben und die Akazie. Dort, an derselben Stelle, ist der braune Felsen, der während der ganzen Regenzeit ins Wasser getaucht ist. Darauf sehe ich den toten Waran liegen. Mich überkommt eine rasende Freude. Endlich ist er tot. Ich mache mich daran, ihn mit einem Stein zu zerschmettern, schlage mit aller Kraft auf ihn ein. Neben mir steht Thanu mit Petroleum und Streichhölzern. Dann merke ich plötzlich, daß ich gar nicht auf diesem Felsen bin. Auch Thanu ist nicht da. Dort ist überhaupt kein Wald, sondern in Wirklichkeit bin ich in der Stadt. Meine Kleidung ist verdreckt, zerrissen und zerfetzt. Meine Backenknochen stehen hervor. Die Haare sind zerzaust. Ich habe Durst, und ich versuche zu sprechen. Wahrscheinlich will ich nach dem Weg nach Bakeli, nach Hause fragen, da erhebt sich plötzlich von allen Seiten ein Lärm... Glocken beginnen zu läuten... Tausende von Glocken... Ich ergreife die Flucht.
Ich fliehe... Meine Kräfte lassen nach, ich atme schwer. Erst mache ich ganz kurze Schritte, dann plötzlich lange, lange Sprünge, ich versuche zu fliegen. Aber die Menge scheint mir immer näher zu kommen. Mich lähmt eine seltsam warme und schwere Luft. Langsam spüre ich den Atem meines Todes... und endlich kommt der Augenblick, in dem mein Leben zu Ende geht...
Ich weine... versuche zu fliehen. Im Schlaf ist mein ganzer Körper in Schweiß gebadet. Laut, ganz laut redend versuche ich aufzuwachen... Ich möchte daran glauben, daß dies alles nur ein Traum ist... und wenn ich gleich die Augen aufschlage, alles gut werden wird... Mit aufgerissenen Augen blicke ich... in die Ferne... aber am Ende kommt dieser Augenblick doch...
Von draußen schaut Mutter nach mir. Sie streichelt meine Stirn und deckt mich zu, und ich bleibe allein zurück. Im Bemühen, meinem Tod zu entgehen, kämpfend, erlahmend, weinend, schreiend und fliehend.
Mutter behauptet, ich hätte immer noch die Gewohnheit, im Schlaf zu murmeln und zu schreien. Aber ich wüßte gern, und diese Frage beunruhigt mich ständig, warum ich eigentlich nicht mehr vom Waran träume.

Nachwort des Übersetzers

Auf des Dornes Spitze drei Dörfer:
Zwei verlassen, im dritten hat nie wer gewohnt.

Jnaneshwar (1275-96)

Dilli dur hai – Delhi ist fern: Das heißt, zunächst einmal, daß der Arm der zentralen Staatsmacht in einem Land wie Indien, das den weitaus größten Teil des südasiatischen Subkontinents umfaßt, nicht immer weit genug reicht, um die in Delhi erlassenen Gesetze und Verordnungen bis in die letzten Provinzwinkel durchzusetzen, daß dort auch Dinge geschehen, die sich jeder Kontrolle entziehen, denen mit urbaner Vernunft und Aufgeklärtheit nicht beizukommen ist, die aber ein wesentlicher Teil der ländlichen Lebenswirklichkeit sind. In dieses Leben, das sich zwischen Dorf und Kleinstadt abspielt, führt uns Uday Prakash in dieser Auswahl von autobiographischen Skizzen und Erzählungen.

Dilli dur hai – das gilt auch für die Biographie dieses Autors. Von dem Dorf Sitapur im Bezirk Shahdol (Madhya Pradesh), wo er 1952 geboren wurde, bis zu seinem jetzigen Wohnsitz in Delhi und dem überregionalen und internationalen Ansehen, das er heute genießt, war es in der Tat ein langer, beschwerlicher Weg. Uday Prakash hat ihn kompromißlos zurückgelegt, hat sich politisch wie literarisch nicht vereinnahmen lassen, gilt nach wie vor als unbequem und eigenwillig. Es ist nur konsequent, wenn er nun als freier Schriftsteller, Journalist und Filmemacher lebt. Sein literarisches Werk ist vielseitig: Auch als Lyriker und Romancier hat er sich hervorgetan; sein wichtigster Beitrag zur gegenwärtigen Hindiliteratur liegt jedoch im Bereich von deren „Zentralgattung" (kendriya vidha): der Kurzgeschichte.

Der Bewegung der Neuen Kurzgeschichte (nayi kahani) in den fünfziger und sechziger Jahren des vorigen Jahrhunderts war es vor allem um die Entideologisierung ihrer literarischen Produktion gegangen. Die vorher gängigen Ismen ersetzte sie durch die Forderung des „Hier und Jetzt" – der Schriftsteller sollte sich in seiner Thematik auf das ihm Naheliegende, Vertraute, Greifbare beschränken. Das Ziel wurde erreicht: Dieser ideologischen Zurücknahme verdankt die moderne Hindiliteratur einige ihrer größten erzählerischen Leistungen. Doch irgendwann erwies sich diese Haltung – vor allem bei Versuchen, sie literarisch in einfallsloser Strenge umzusetzen – als Sackgasse. Wie weiter? fragte man sich und suchte, anfangs zaghaft experimentierend, nach Auswegen. Und es ist in diesem Kontext, daß das erzählerische Werk Uday Prakashs, des Einzelgängers, wegweisend ist, vor allem seit dem Erscheinen der in dem Band „Tirichh" (Der Waran, 1989) versammelten neun zum Teil autobiographischen Erzählungen, von denen fünf hier in deutscher Übersetzung vorliegen. Diese Auswahl ist nicht willkürlich. Zusammengenommen, ergeben die fünf Erzählungen eine Art Familienchronik: In „Der Nagelschneider" steht die Mutter im Mittelpunkt, in „Die Schachtel" der kindliche Erzähler selbst, in „Die Schuld" der Bruder, in „Der goldene Gürtel" die Großmutter, in „Der Waran" der Vater. Gemeinsam ist diesen Erzählungen die kindliche Perspektive: Mit Kinderaugen sehen wir die seltsamen Vorgänge um den goldenen Gürtel, von dem sich die Familie ein Glück erhofft, dem nur noch die Großmutter im Weg zu stehen scheint; als Kind erleben wir den Tod der Großmutter und – in „Der Nagelschneider" bzw. „Der Waran" – der Mutter und des Vaters.

In den beiden längeren Erzählungen nimmt sich der Autor einige fiktionale Freiheit. Dabei bedient er sich der Technik des Hörensagens. In „Der goldene Gürtel" sind es vor allem die Taten des Großvaters in der Fremde, um die sich Vermutungen und Gerüchte ranken. „Der Waran" – zweifellos der Höhepunkt dieser Auswahl – besteht aus einer Rekonstruktion des Leidensweges des Vaters in der Stadt, der mit dessen Tod endet. Der Ich-Erzähler ist nicht Augenzeuge dieser Ereignisse und deshalb auf die Aussagen von Leuten angewiesen, die dem Vater in dessen letzten Stunden begegnet sind. Stilistisch ergibt diese Situation einen reizvollen Gegensatz zwischen der konjunktivischen Unbestimmtheit in den Vermutungen und Schlüssen des Erzählers und der bemühten Genauigkeit in den

Aussagen der Zeugen, auf deren Grundlage der Erzähler den Tagesablauf auf die Minute genau zu rekonstruieren versucht.

Es gelingt dem Autor, eine atmosphärische Dichte herzustellen, die – und das ist nicht zu hoch gegriffen – an Edgar Allan Poe erinnert. Das gilt vor allem für „Der goldene Gürtel", mit der Beschreibung des bröckelnden Hauses und der dunklen Kammer, in der die Großmutter gefangen gehalten wird. Das Bild des dörflichen Lebens, das hier entsteht, ist realistisch in seiner Darstellung der Mitglieder einer Großfamilie, die bei ihrem verzweifelten Versuch, mit Hilfe des legendären Gürtels ihr verfallendes und verschuldetes Haus zu retten, zu brutalen Peinigern der Großmutter werden. Es ist ein Realismus, der nicht in Widerspruch steht zu dem Glauben an Übersinnliches und den Familienmythen, die das Leben dieser Menschen bestimmen.

Was in „Der Waran" den Vater bei seinem Irrweg durch die Stadt – man ist versucht, von einem Kreuzweg zu sprechen – trotz aller Verwirrung nicht losläßt, ist sein Wille, der Stadt den Rücken zuzukehren und den Weg in sein Dorf zu finden. Allein in seinem Dorf, in seinem Haus mit den ihm vertrauten Menschen darin hätte er überleben können. Er findet diesen Weg nicht. So geht er am Ende nicht am Biß des Warans zugrunde, sondern an der Kälte und Grausamkeit der Stadt.

Quellenangaben

Die Hindi-Originale der hier vorliegenden Übersetzungen stammen sämtlich aus dem Band „Tirichh" (Der Waran), New Delhi: Vani Prakashan, 1989.

Den oben zitierten Zweizeiler von Jnaneshwar hat der Autor aus dem Marathi übersetzt und seinen Erzählungen vorangestellt.

Zum Übersetzer

Lothar Lutze war lange Zeit als Professor am Südasien-Institut der Universität Heidelberg tätig, wo er neuere Sprachen und Literaturen lehrte. Als literarischer Übersetzer veröffentlichte er Texte aus dem Hindi-Urdu und Bengali sowie aus dem indischen Englisch und gemeinsam mit Dilip Chitre aus dem Marathi.

Lothar Lutze ist Träger des Tagore- und des George-Grierson-Preises. Für besondere Verdienste in Literatur und Bildung wurde ihm 2006 der Padma-Shri-Orden verliehen.

Ein Verlag für Indien. Draupadi Verlag

Das Verlagsprogramm hat **zwei Schwerpunkte**.

Zum einen veröffentlichen wir Romane, Erzählungen und Gedichte aus Indien und anderen südasiatischen Ländern in deutscher Übersetzung. Diese Bücher erscheinen in der Reihe **Moderne indische Literatur**.

Zum anderen verlegen wir **Sachbücher über Indien**. Das Themenspektrum dieser Reihe ist breit gefächert. Bücher zur aktuellen politischen Situation und Geschichte Indiens stehen neben Veröffentlichungen über Kultur, Kunst und Religion.

Der Draupadi Verlag wurde im Herbst 2003 von Christian Weiß in Heidelberg gegründet. Im Herbst 2006 war der Verlag zum ersten Mal auf der Frankfurter Buchmesse vertreten.

Draupadi

Der Name des Verlags nimmt Bezug auf die Heldin des altindischen Epos „Mahabharata". In Indien ist Draupadi als eine Frau bekannt, die sich gegen Ungerechtigkeit und Willkür wehrt. In diesem Sinne greift etwa die indische Schriftstellerin Mahasweta Devi in der 1978 erstmals erschienenen Erzählung „Draupadi" das Thema auf. Draupadi wird hier eine junge Frau genannt, die für eine Gesellschaft kämpft, in der niemand mehr unterdrückt wird.

Alle Titel sind in jeder guten Buchhandlung erhältlich oder **direkt beim**

Draupadi Verlag

Dossenheimer Landstr. 103
69121 Heidelberg

Tel +49-(0)6221 - 412 990
Fax +49-(0)1805 060 335 791 33

info@draupadi-verlag.de
www.draupadi-verlag.de